路有百转千回
谁都可以用流浪的脚步
去旅行
完美或不完美
用心去行走
走出自己的生活姿态

最温暖的旅行读本

陪你路过全世界

三儿 著

北京联合出版公司
Beijing United Publishing Co.,Ltd.

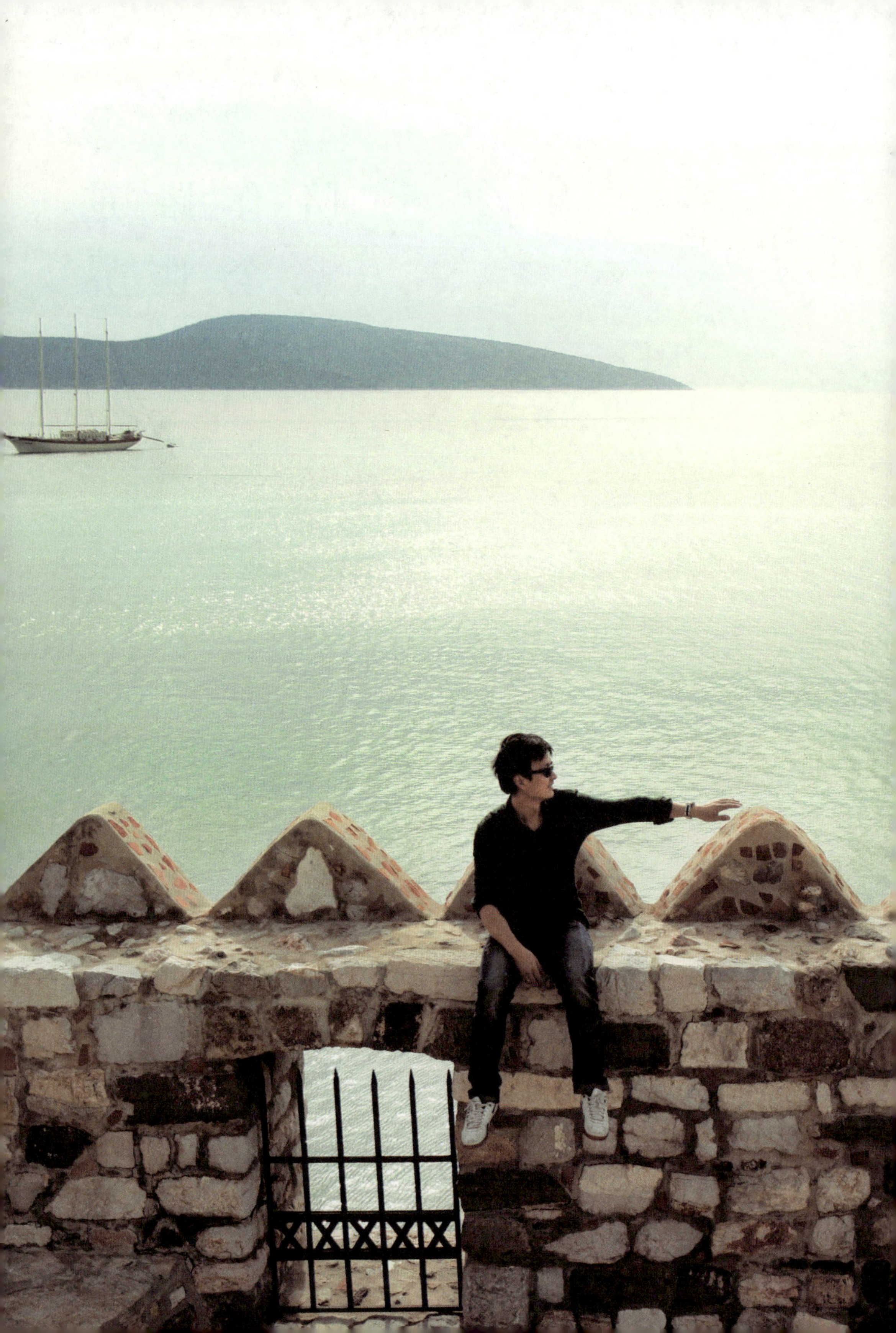

一切很美，我们一起向前

——一路有你、有孩子，这才是最美的旅行

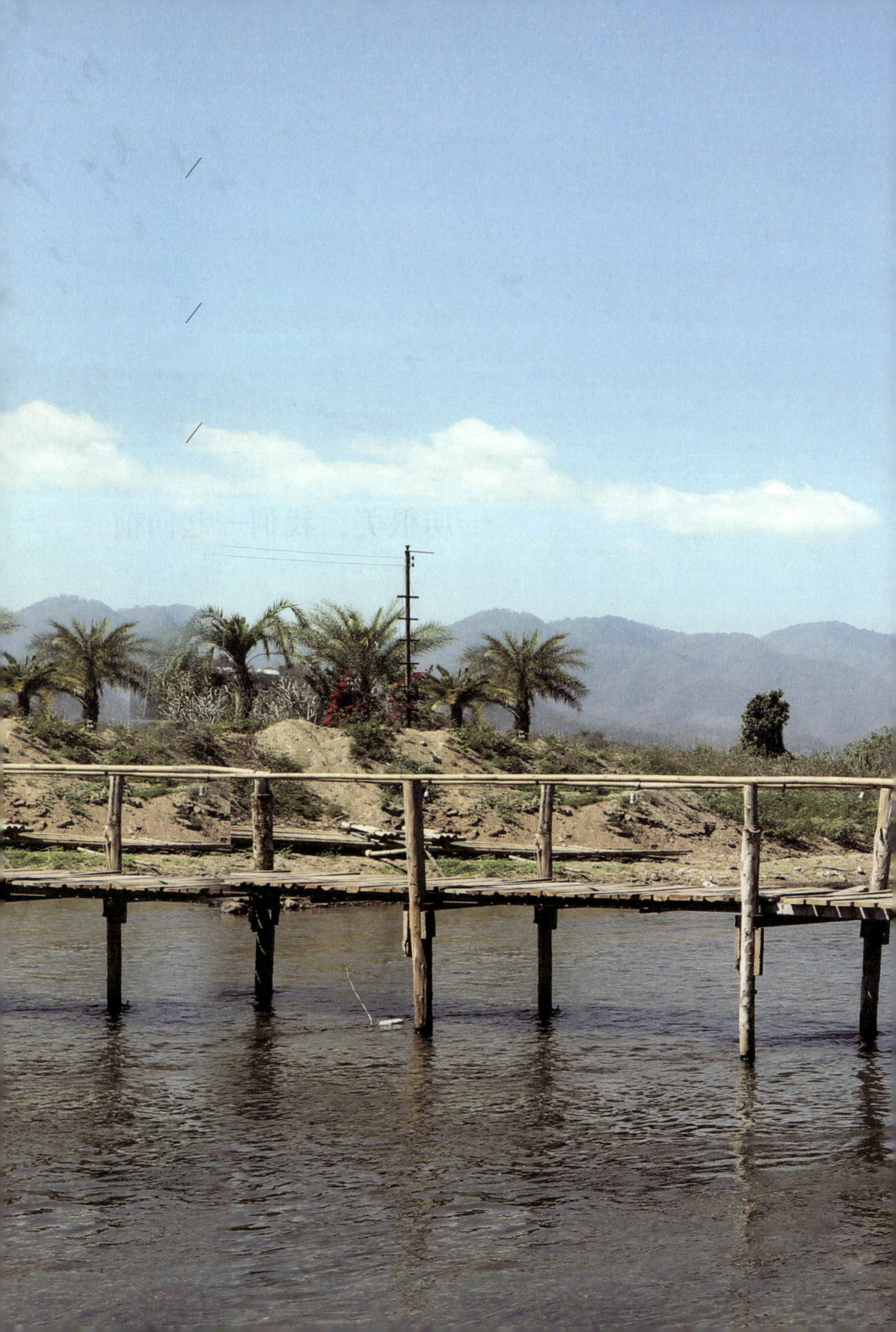

三儿　男，苏州人

毕业于上海戏剧学院，留学俄罗斯
《有多远走多远》栏目原导演、主编
喜欢和志同道合的人一起行走在路上

茉莉　女，兰州人

设计师，曾供职于畅销书作家饶雪漫公司，任美术总监
中国第一旅行女装品牌——"绽放"创始人

嘉嘉　男，三儿和茉莉的儿子

2岁半开始旅行
3岁去了6国的萌娃

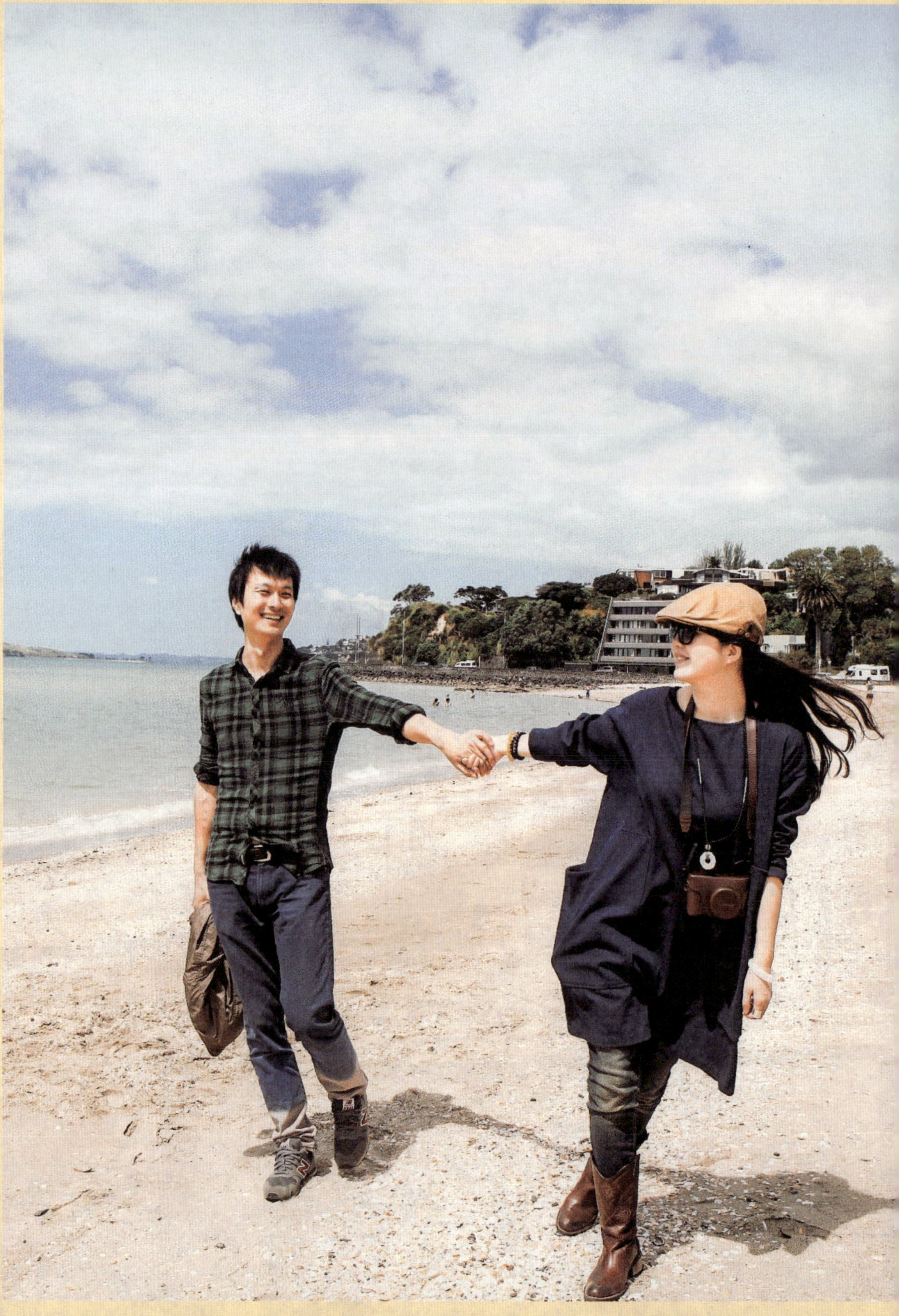

也许你听说过他们，也许你默默关注他们很多年

这些年，他俩一直怀抱梦想，一次次行走在旅行路上

在路上

是茉莉和三儿非常迷恋的生活状态

茉莉是一个明媚温暖的辣妈

三儿是一个充满安全感的潮爸

而儿子嘉嘉是一个懂事乖巧的宝贝

这样的一家三口在旅行路上

绝对属于光芒绽放、分外耀眼的那种组合

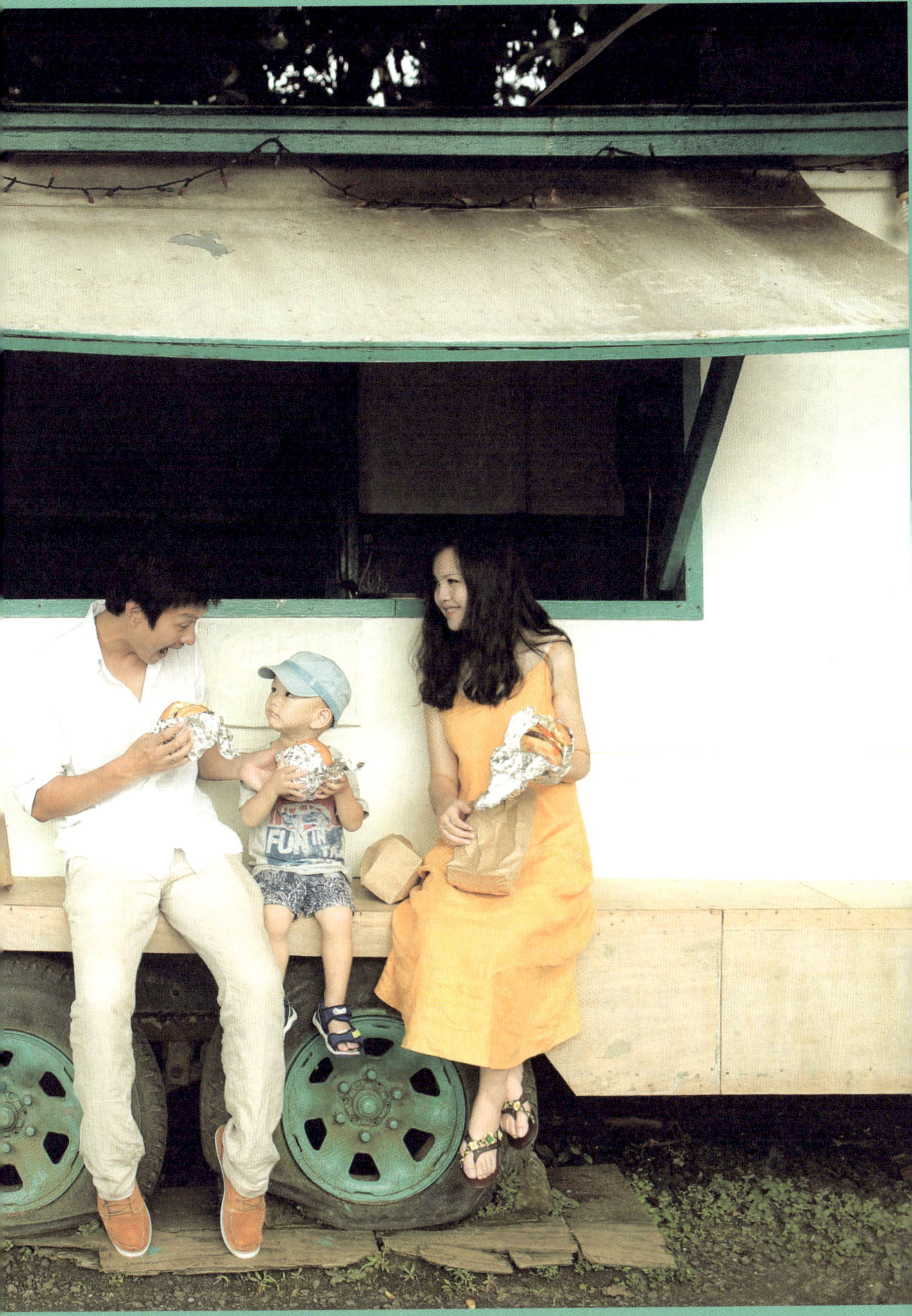
FUN IN

保加利亚·他们环球旅行的第一站

一次机缘巧合，他们仨开启了一次环球之旅
在保加利亚的普罗夫迪夫古城
他们一家三口感受着慢时光
牵着儿子的手，一起看这充满惊喜和梦想的世界

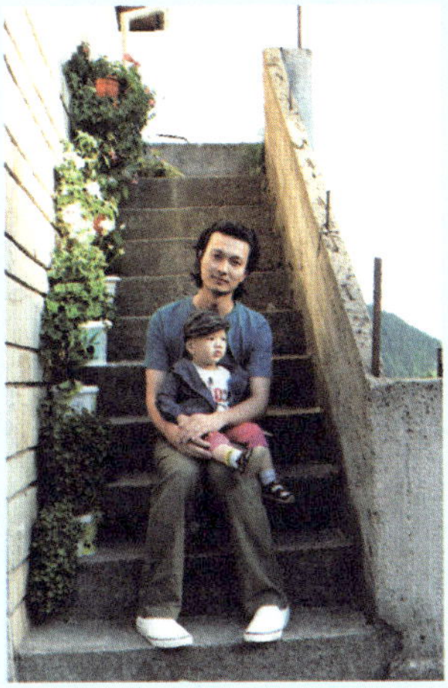
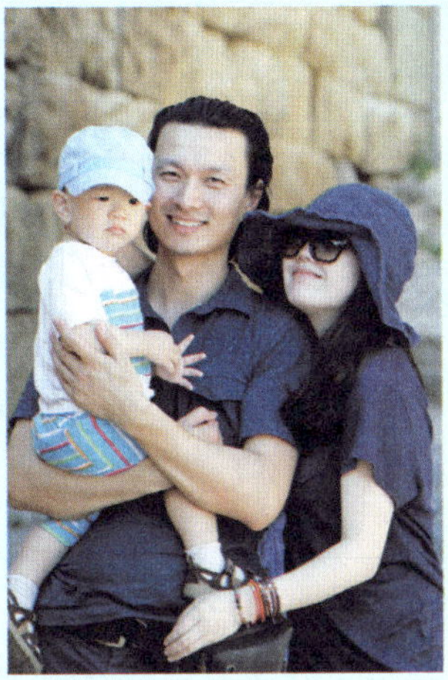
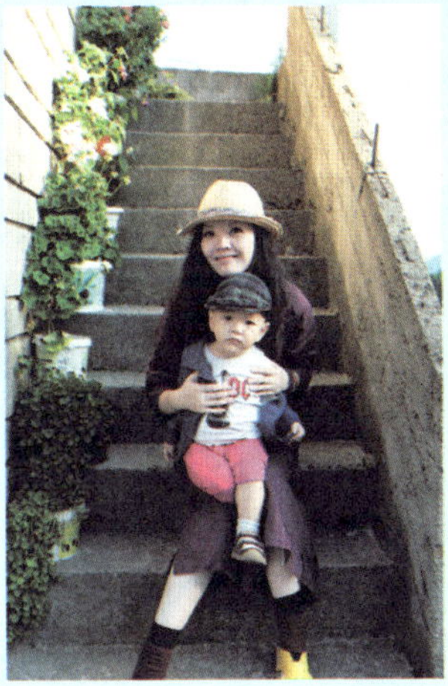
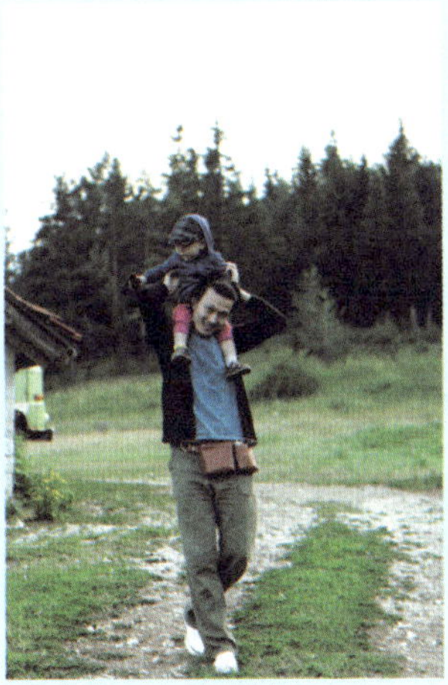
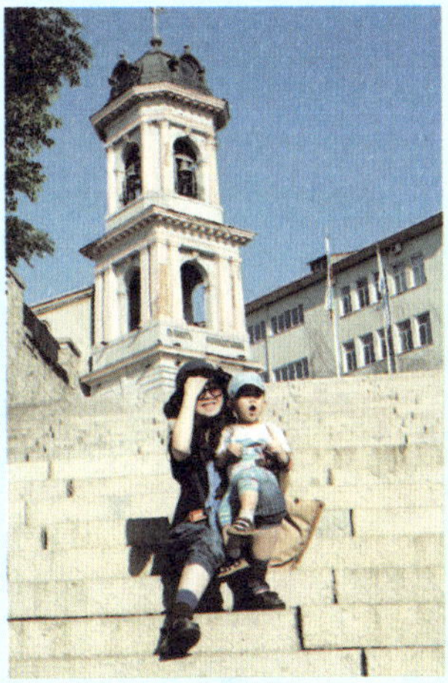
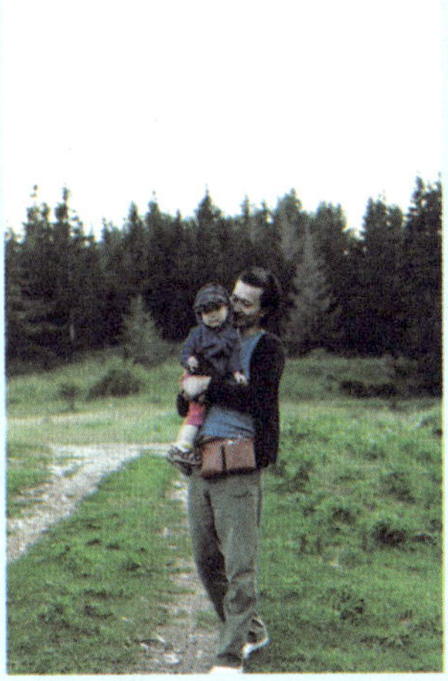
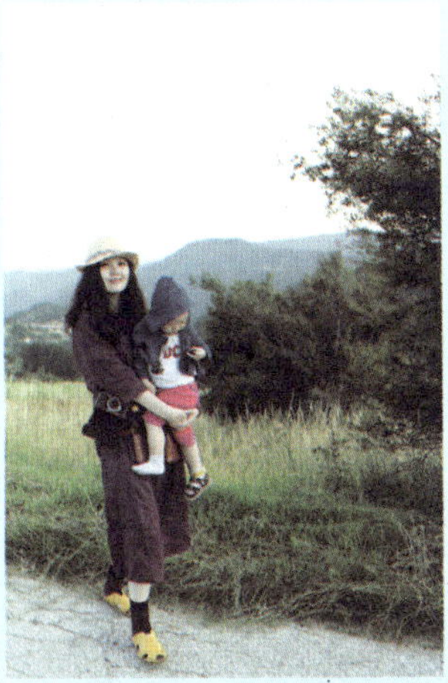
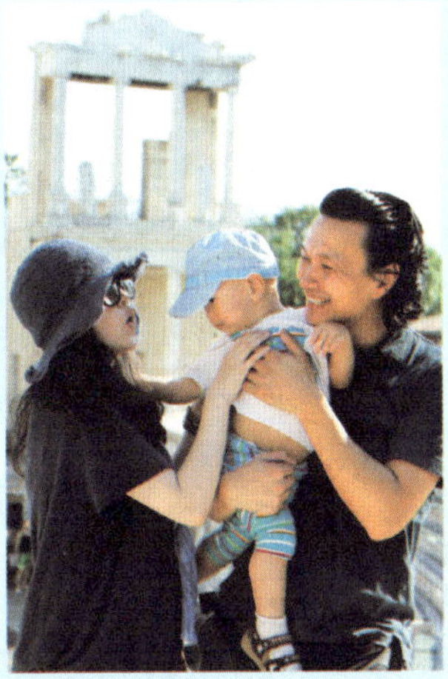
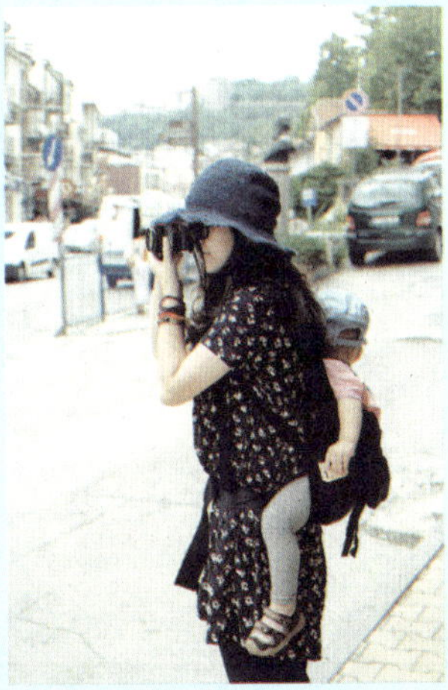

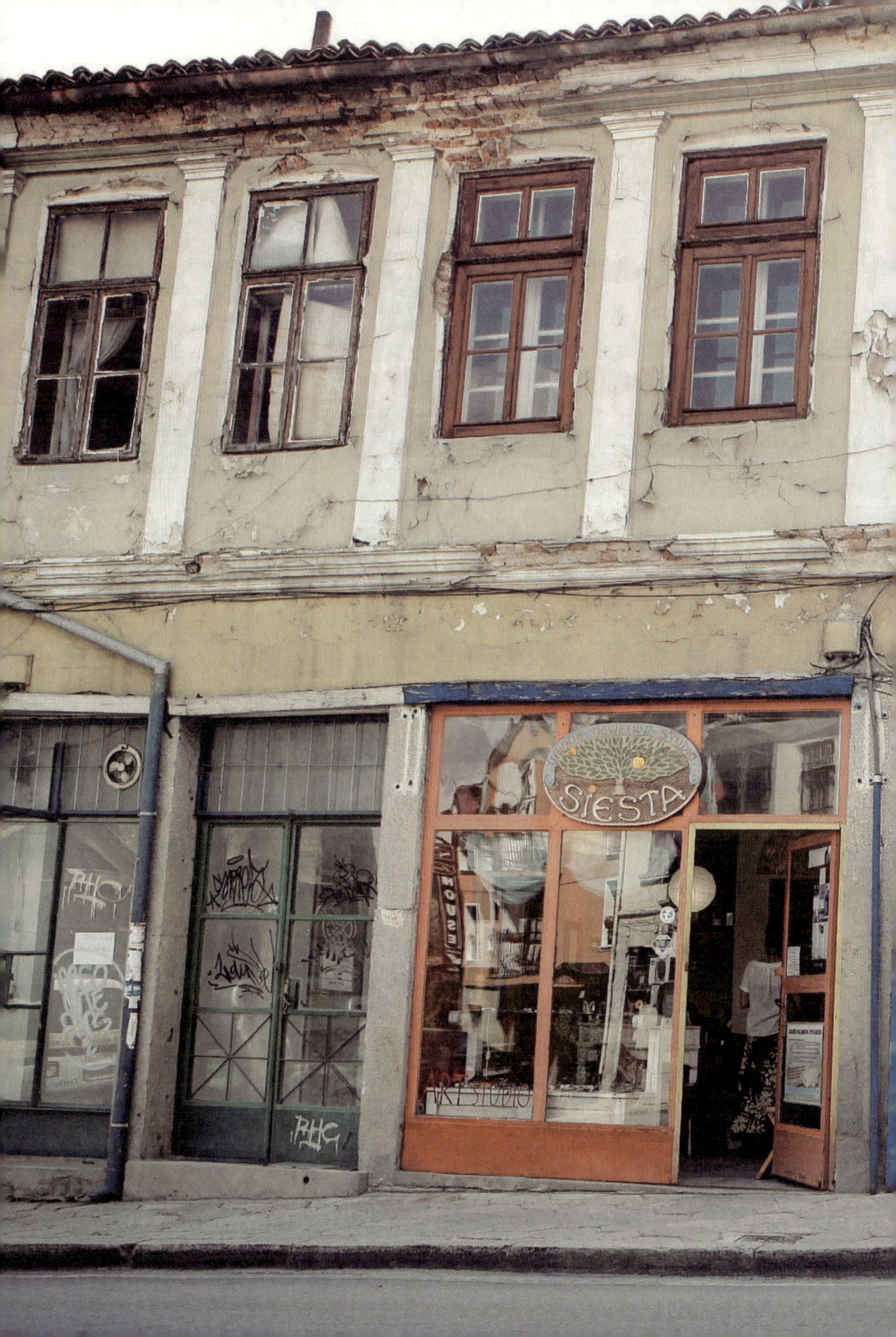
SIESTA
ART STUDIO

墨西哥、古巴·他们环球旅行的第二站

从墨西哥城到加勒比海坎昆,再到古巴首都哈瓦那
他们一家子开启了幸福的美洲之旅
在墨西哥街头转角的餐馆,他们体验当地的美食
在古巴,他们亲身感受着古巴人热情的舞蹈

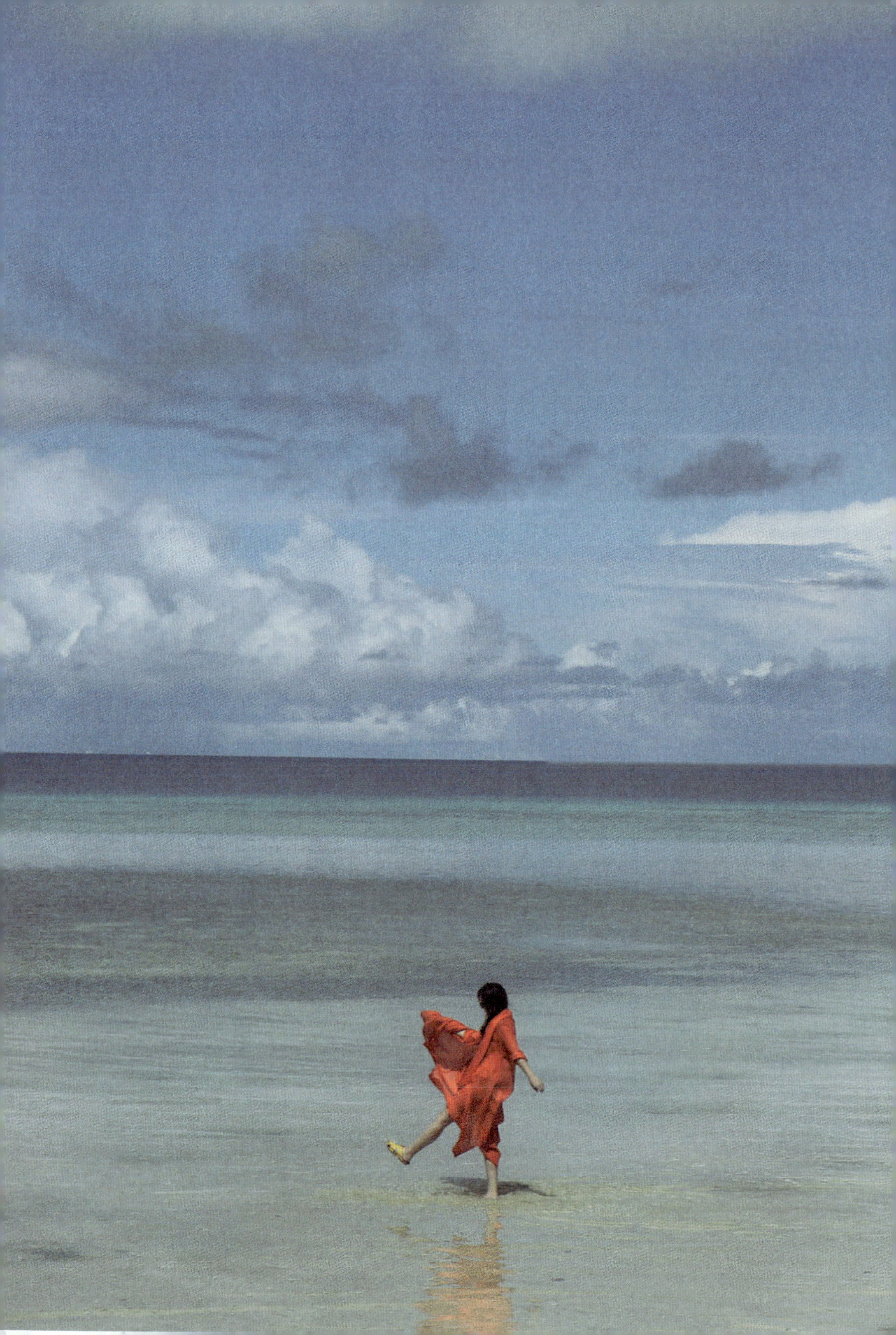

帕劳·他们环球旅行的第三站

听说帕劳归来不看海
茉莉和三凡带着嘉嘉再次出发
在那里,他们看见辽阔的蓝天大海
很惬意地享受着三个人的时光
在那里,他们呼吸着泛着清香的空气

清迈·他们环球旅行的第四站

小城故事多
在这小清新又文艺的泰国小城里
他们一家子感受到东南亚的热烈风情

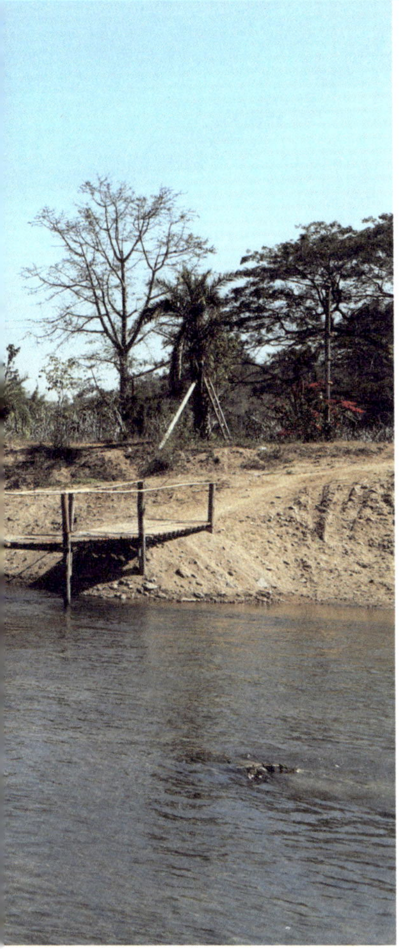
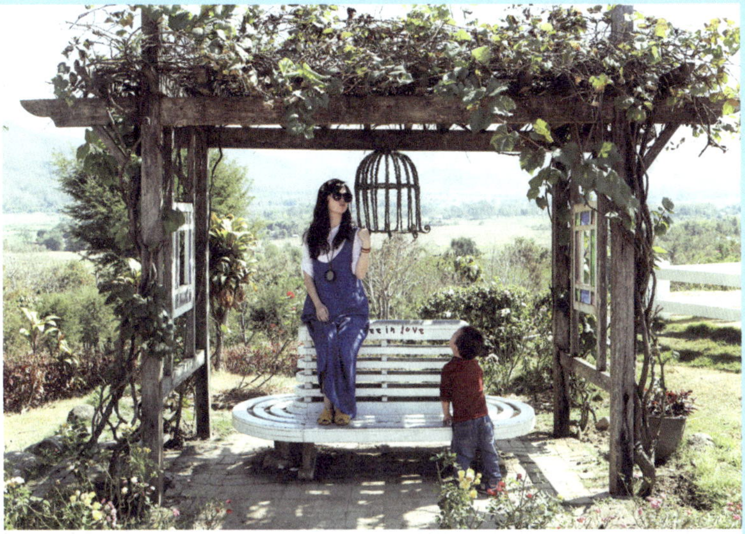
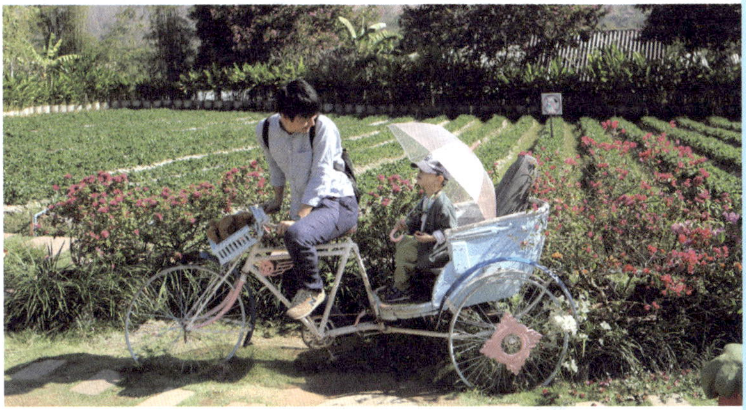
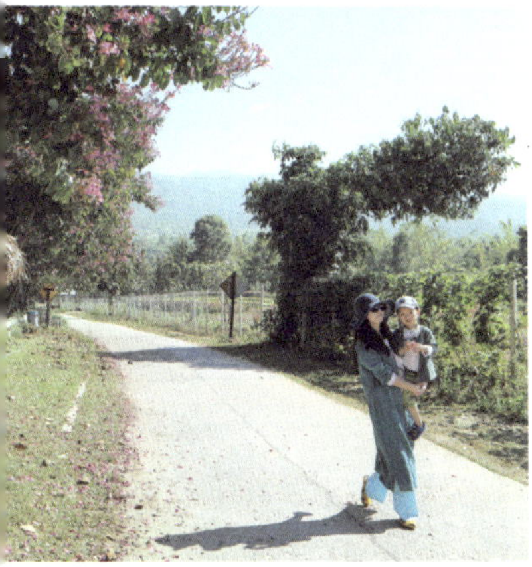
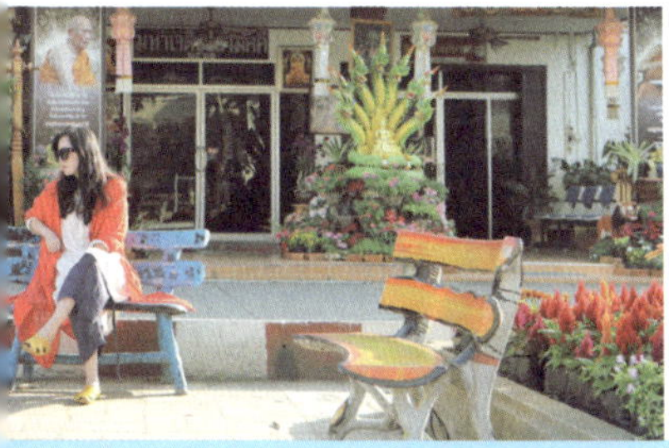
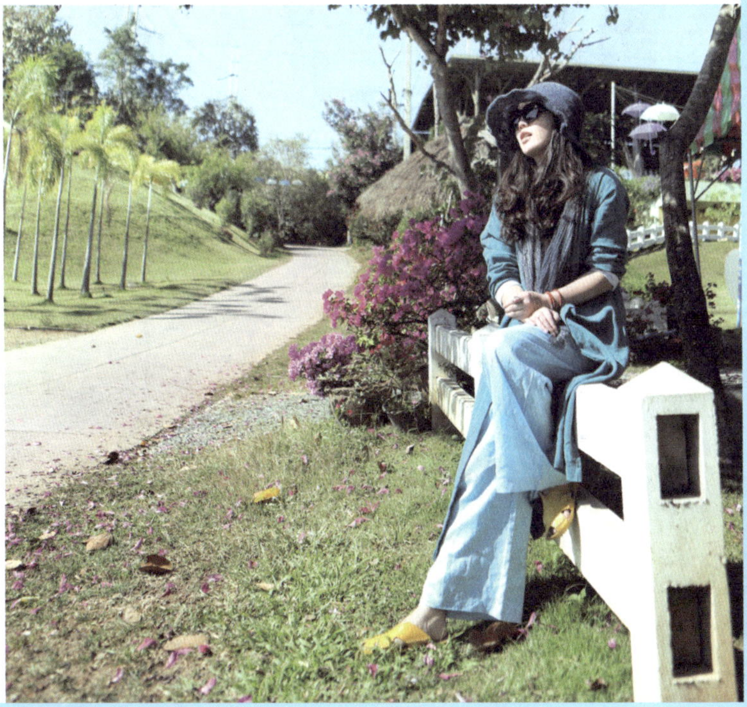

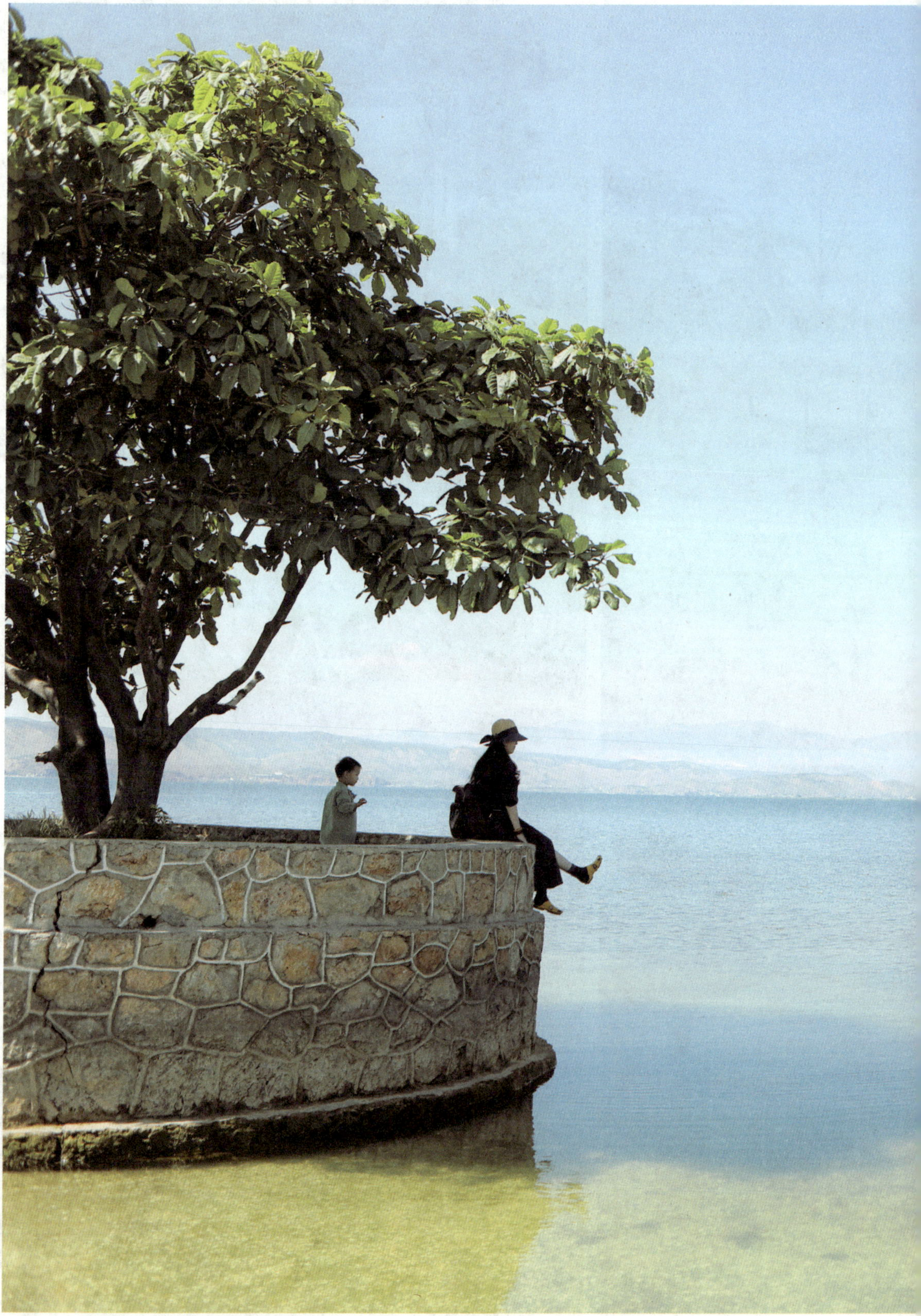

大理,理想的远方,他们住在远离喧嚣的朋友家的小院子里,每天浇花、做饭、看书、拍照……放慢脚步,感受着大理古城的日与夜

听说，越南是一个绝美的旅行天堂
越南虽美，一路有你有孩子才最美
我想，世间最幸福的事莫过于此吧

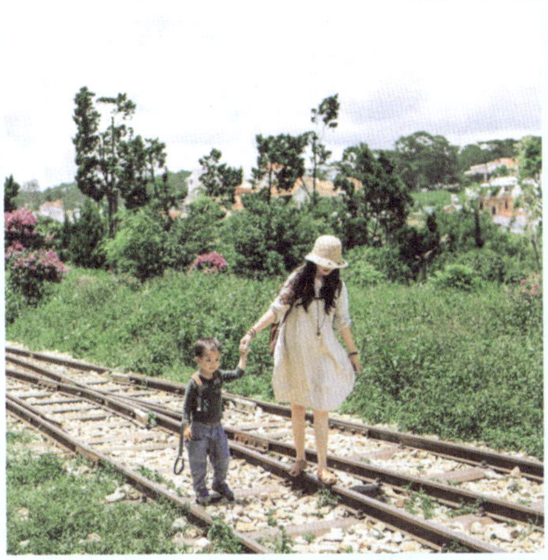
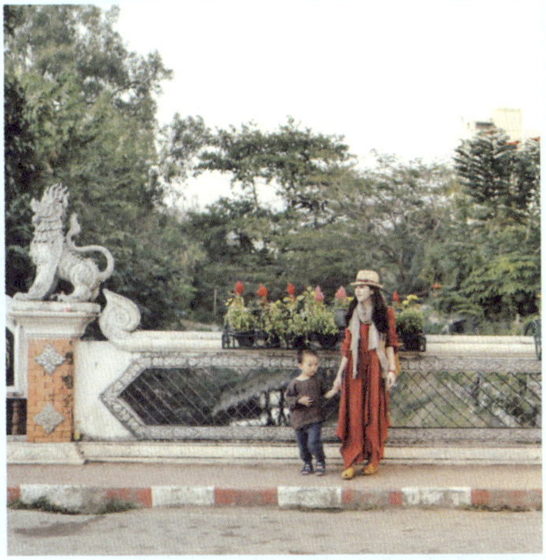
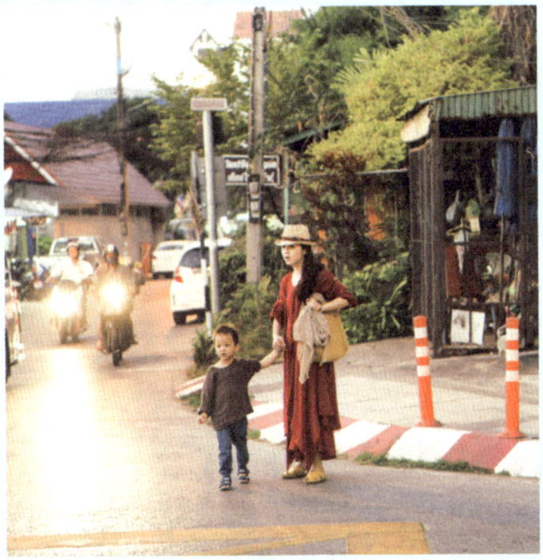
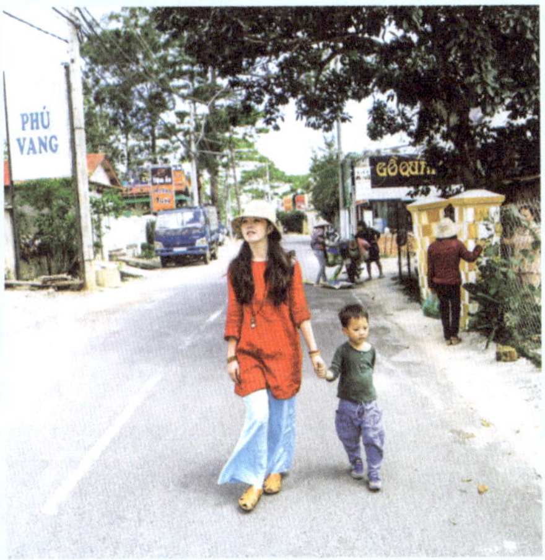
PHÚ
VANG

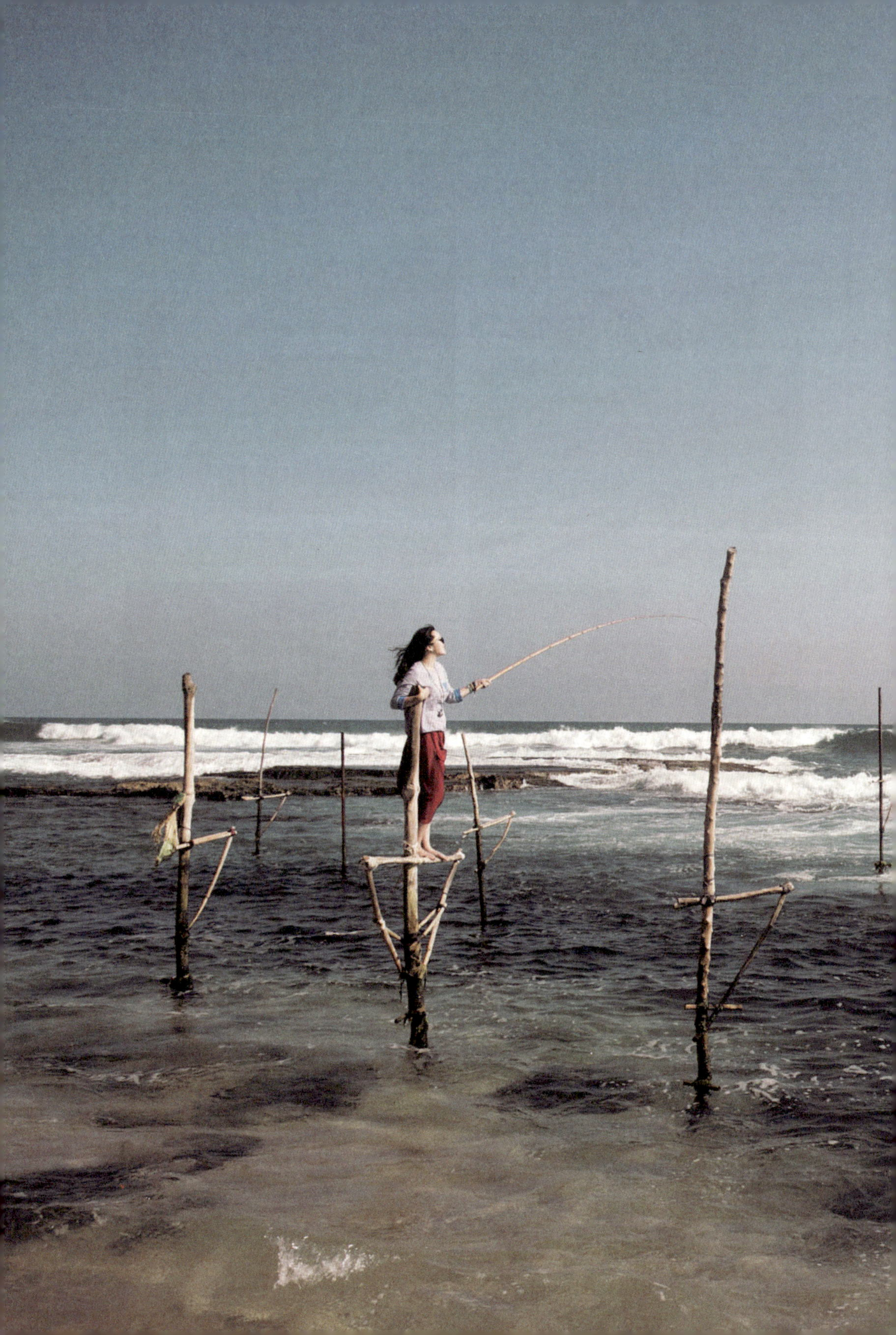

一切很美，我们一起向前

目录

CONTENTS

PREFACE 028 序

CHAPTER 01

淡然时光
旅行，是治愈无处安放的自由心

032　莫斯科 & 摩尔曼斯克·从这里出发看俄罗斯

046　高加索·消失在崇山峻岭间

056　圣彼得堡·这里有长长的昼与夜

070　兰州·我们在此相遇

080　成都·年轻人在这里快乐地老去

CHAPTER 02 素年锦时
旅行，是万物静默如谜

- 100 北京·梦生根发芽的地方
- 118 拉萨·云的目的地
- 128 法国·一次普通的浪漫
- 140 希腊·这里用蓝色书写爱情
- 150 西班牙·再见是真的再见
- 164 土耳其·再也找不到这样的感觉
- 178 大理 & 丽江·一切很美，我们一起向前

CHAPTER 03 岁月静好
旅行，是从时光机里偷幸福

- 188 保加利亚·奇迹发生的国家
- 210 墨西哥 & 古巴·这里是不一样的世界
- 222 帕劳·北纬 7° 的蓝
- 232 泰国·内心柔软的旅行

POSTSCRIPT 248 后记

序
PREFACE

一种好的可能性
文/顾湘

  三儿是我的大学同学,他在他们寝室排行第三。后来我先去了俄罗斯,接着他也来了。他来的时候,我已经在俄罗斯待了一年,俄语学得还不错,我想我大概要接应接应他。他到莫斯科的那天我有课,我说你先自己玩一会儿,我回来找你啊。结果我回去的时候,他已经跟俄罗斯学生打了乒乓、聊了天、喝了酒、去了别人屋里做客,并把我介绍给了他们,而他根本不会俄语,英语也不算好,俄罗斯人的英语也差不多。从第一天起,他这个不会俄语的人就根本不用我接应。他很快结识了很多俄罗斯朋友,比我认识的还要多,甚至很快交到了俄罗斯女朋友,去了他们的宿舍和家里,去了外面的原野和山区。他虽然俄语读写不好,但是他很快就能说得很好了,掌握了许许多多我们课堂上学不到的词,比如各种香肠和酒的名字。

  这十多年来,我一直听说他去了这里那里。我更喜欢以前没有社交媒体,大家写邮件的日子。我记得他给我写信说,他在额济纳旗,他描述了那里的落日。那时我们毕业不久,我们用邮件告诉彼此近况,分享看到的景色,语言远比图像更加动人。日后所有社交媒体上的任何照片,都没有像那时一样,唤起我对对方身处遥远的孤独和壮丽中的感同身受和发自内心的感动。

  我对他的笑脸印象深刻,他总是笑嘻嘻的。我觉得他身上有特别多的优点,跟他的星座双子座也挺符合的——双子座的人头脑灵活,有非常高明的交际本领,但又像小孩一样真诚、天真、没头没脑、没心没肺、没有负担，总是向往着"到别处去"，像去到塔希提的双子座的高更，既有才能，又是一个幸运儿。而那幸运并不是白来的，是性格决定的命运。他善良、爽朗、单纯、轻快，充满好奇心，乐于尝试，他对什么事都兴致勃勃，充满了干劲，说干就干，行动力强，不瞻前顾后。他的沮丧、抱怨、畏惧、犹豫都很少很少，一切都用向前行动来化解。像他这样一个积极、大胆、好学又友善、诚恳的人，生活得幸福快乐简直是必然的事。他很勇敢地向别人开口，就获得了他想要的友谊；他热心投入生活，生活就给了他一个大拥抱；他追求并真心实意地相信快乐这件事，就赢得了快乐。

我越来越相信，一个人真的想要什么，一直在做什么，最后就最有可能得到什么，求仁得仁。也许你会说：我很想要如何如何，然而没有得到。你想一下，是不是你没想好或是没弄清楚你最喜欢的到底是什么；或者你太贪心，想要的太多；或者你并没有真的去做什么。

三儿的生活是一种积极向上的范本，那其中又并没有挖空心思钻营、过于进取之类令人讨厌的东西。他一直都是他自己，自然而然就长得生机勃勃的。那是一种好的可能性：他将世界看作一个大游乐场，然后用赤子之心兑换抽奖，还抽到了一张通票。

摄影/珍妹

CHAPTER 1

淡然时光

旅行，是治愈无处安放的自由心

短的是旅行，长的是人生。
旅行，能让你遇到那个更好的自己。

莫斯科 & 摩尔曼斯克

从这里出发看俄罗斯

如果有人问我印象最深的旅行是哪里,那我的答案是俄罗斯。

那次旅行我用了近两年的时间。这两年的时光是我青春的黄金时代,欢愉留在内心,尽管深埋,但从未失去。

那年大学毕业,工作了一年多后,一个大学同学告诉我她已经在俄罗斯留学了。在她那些邮件没出现在我的信箱里的时候,我从没有意识到这个国家的存在。从那以后,托尔斯泰、契诃夫、屠格涅夫突然从四面走来,虽然很早就"认识"他们,直到那时才突然发现其意义。还有刚刚啃完的陀思妥耶夫斯基的《白痴》,不得不说,这部书使我下定了决心,虽然它是无数次"肢解"后才被我看完的。

俄罗斯,仿佛一直在那儿的一位少女,她终于拨开人群走到我面前。

摄影/珍妹

摄影/珍妹

摄影/珍妹

人在做一些决定的时候其实是没什么道理的，只有当事人深以为然。很幸运的是，我在有了一个个想法之后，最终都一一实现了。半年之后，我住到了莫斯科大学本部的17楼宿舍。

因为时间很尴尬，是个假期，根本就没有课上。

我常常坐在宿舍的窗台上，眺望远处。莫大的正门有高高的台阶，人们川流不息地进出着，门口是一条大马路，穿过马路就是莫大创办人罗蒙诺索夫的雕像，它安静地矗立在小广场的中央。这小广场的两侧分别是物理学院和化学院，再延展开去，是学校的其他建筑，它们错落在茂密的树林中。天空中密密排列着云阵，它们那么低，似乎在不远处掠到了树梢。云缓缓地向远方移去，我微笑着检阅它们。

在这里，我将青春鼎盛之时才敢于挥霍的光阴，一一留下，一醉求欢。

摄影/珍妹

青春之时

在俄罗斯，最初的旅行，来自我莫斯科大学宿舍的舍友阿列克。

他是地质专业的一名研究生。俄罗斯人本来就有着深沉坚强的民族性格，地质系的学生身上更能体现出这一点。记得我和阿列克初识时，他用硕大的手掌紧紧地握着我的手，力度让我微微有些吃劲。他用英语和我交谈，语气文雅，带着少许害羞。

一开始，我就喜欢上这个家伙，后来的接触中，更觉得他有趣。

我们的第一次旅行，是去莫斯科的郊外跳伞。同去的还有一个家伙叫瓦罗杰，这绝对是个人物。他是退役的战斗机驾驶员，切尔诺贝利核电站发生泄漏事故之后，他又是最先参与清理工作的志愿者之一。

我们坐了地铁到达终点站，然后又换乘列车，最后到达莫斯科的郊外。那里貌似是一个军事基地，停了很多战斗机。

因为风力太大，不宜进行跳伞，于是我们就一起先练习怎样操控降落伞。大家轮流戴上伞，或许是我体重较轻的缘故，只有我顺利地起飞了，离地五六米的样子。我的俄罗斯朋友们在前面拉着我。本来是很好玩的游戏，没想到接下来发生了一件意想不到的事情。当我正享受着飞翔的时刻，接近一排军车的时候，突然从军车后面蹿出一条大狼狗。凶神恶煞般狂叫的它，一蹿一跳地向着我们冲过来。这时，我的俄罗斯朋友们一个个瞬间丧失了理智一般，竟然全扔下我一个人撒腿就跑，争先恐后地往一棵树上爬，尽管那棵树跟一株大盆景差不多——但也是这草地上唯一的制高点了——小小的树干根本无法承载他们壮硕的身躯。其中一个还真的爬了上去，把树干都压弯了，那样子滑稽极了。我当时哪有心思嘲笑他们，因为我是唯一一个没法动弹的人。巨大的降落伞因为无人拉着早已缓缓地落在地上，而我被这

一堆绳子和伞拖着,根本一步也跑不动。就在我绝望的时候,混乱中,军车后面跑出一个士兵,大声呵斥着,几个箭步一把把狗给拉回去了,我们这才躲过这一劫。

这一次的险情,并没有削弱我渴望跳伞的热情,但是等了几次都没找到机会。

真正在俄罗斯跳伞,是因为认识了一个叫巴莎的小伙子。这是个英俊的男孩,他的眼睛是我见过的最蓝、最美的。

我们在莫大17层相识。在那里有一个活动室,可以打乒乓球、练习拳击,还可以举重什么的。那天，我记得巴莎沉静地倚坐在活动室门口的一张桌子上，手里拿着一副乒乓球拍。我那时课程很少，平时实在是闲得慌。我跟他用英语打了招呼，还好他英语不错，于是我们就聊开了，接着就打起了一场"国际级"的比赛。胜负如何，早就不记得了，但是我清楚地记得那悸动心扉的感觉，开心极了，仿佛一个孩子找到了一起玩耍的小伙伴。

　　此后，我们就经常一起打球，经常一起吃饭、喝下午茶，隔三岔五还一起把酒言欢，每每通宵畅饮，直至凌晨才各自扶墙散去。

　　也就是在那时，我真正开始了解伏特加酒。这种经蒸馏处理过的酒精饮料，真的能让人在欢乐中沉醉。马铃薯、菜糖浆及黑麦，在和乙醇混合的过程中，孕育出的刚烈气息，让人一次次沉醉。

　　离开俄罗斯之后，我再也没有那样喝过酒。

　　回头来说让人激动不已的跳伞，这个小小的愿望是和巴莎一起完成的。我们两个人，坐了近五个小时的火车，穿过莫斯科郊外广阔的平原，来到了一个跳伞基地。

　　这是一片地势非常平坦的草原，金黄的牧草有半人多高，整齐地铺展在大地上。远方的天空中，我看见有两只降落伞悄无声息地落下来。没有风，秋日的阳光白亮得让人有些炫目。

　　在这里，我们首先签了一份责任自负之类的书面协议，然后开始了大约一个小时的培训。回头来想这个过程仿佛是整个跳伞中最可怕的环节了，因为我那时完全不会什么俄语，当教练拿着伞包在解释怎么用、遇到各种情况怎么办时，我只能呆呆地看一眼巴莎，但这个家伙估计自己也紧张，全神贯注地听着，根本顾不上我。勇气在那个年纪显得那么丰沛，仿佛一罐可乐，轻轻摇一下，就喷涌而出。很快，我们就到达了1000米的高空。机舱里的噪声特别大，大到根本听不到教练在喊什么。没过一会儿，见大家都站起来了，我也就跟着站起来，然后就看着前面的人一个个被教练推了下去，我还在犹豫的时候也被教练推了

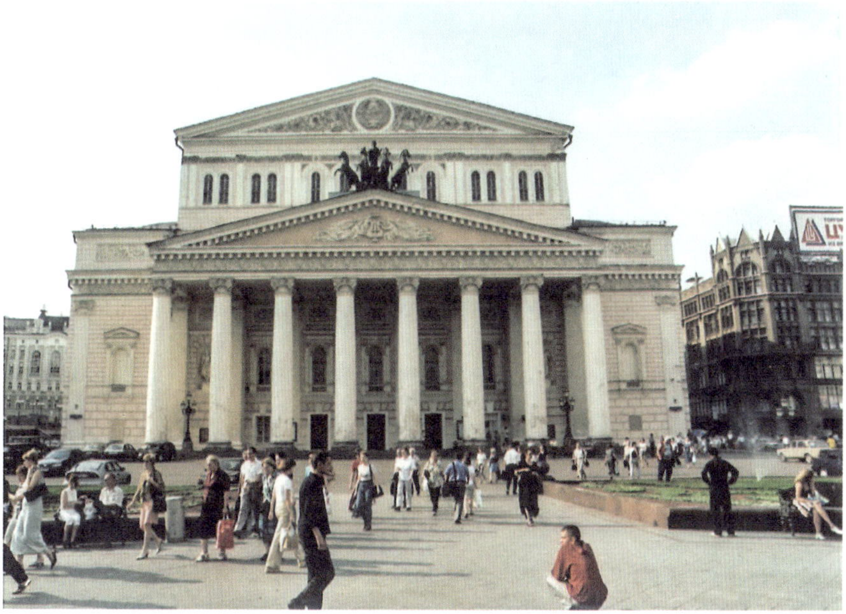

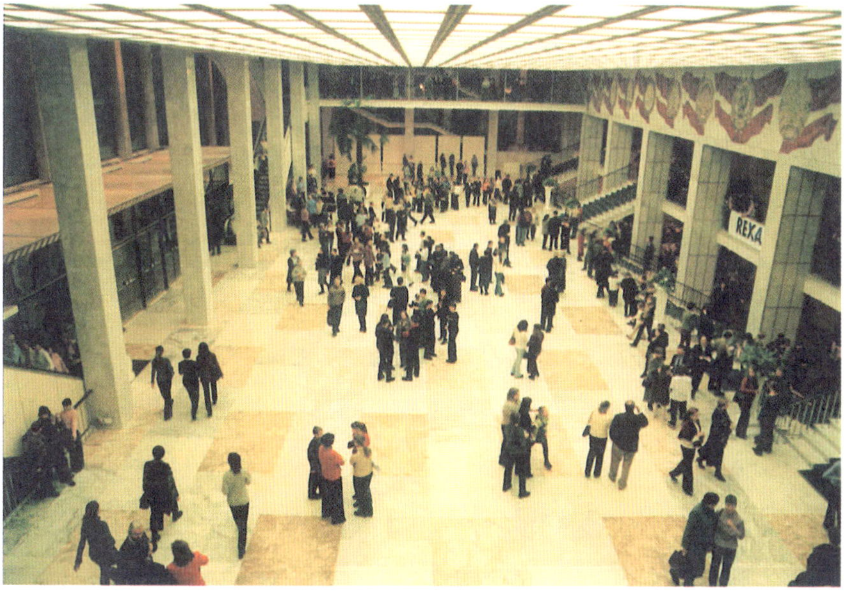
REKA

下去。离开舱门的那一瞬间是天旋地转的,幸好降落伞是一出飞机就会自动打开的,伞"轰"地打开,整个人被一下子硬生生地吊了起来,然后就飘浮在空中了。这个才是最美好的时刻,脚下是巨大的虚空,我还晃了晃脚,验证了一下这虚空的存在。

我们都从飞机上被甩了出来,像蒲公英一样,孤独地飘在了空中。没有惊慌,也没有尖叫,我感受着风与地面的不同。我左右看了一眼,明晃晃的天幕里,飞机不见了,也没有看到同伴,仿佛我在这里已经很久了。巨大的虚空里,寂静挤满了每个角落。这种感觉棒极了:脚底下什么也踩不到,而自己属于天空,天空是那样湛蓝,那样辽远,朵朵白云就从不远处飘过。

只是这美好太短暂，大地在下，并且迎面朝我不断袭来。我双脚并拢，重重地落在地上。身后的降落伞仿佛诗歌一样温柔地铺落地面。

秋天的原野，草儿枯黄，能闻到牛粪的味道，还有苍蝇冷不丁从你鼻尖掠过，嗡嗡声戳破这寂静。我看到有两个黑点在草原很远的地方慢慢飘落，那是巴莎和另外的同伴吗？我默默地收着伞，感到时光好像就此凝滞了。

在莫斯科，在我炽热的青春时光里，我最怀念的还有莫斯科郊外的闲游。

那时的我，为免去留学生涯的寂寞，无比热爱结交不同的朋友，学中文的斯蒂芬就是其中之一。夏天来临时，他邀请我还有一个英国男孩到他乡下的家里小住。由此，我又有了一次亲密接触俄罗斯乡下的机会。

那时他舅舅出差了，我们就去他舅舅家开了个小派对。那是一栋漂亮的别墅，客厅有块大大的地毯，依稀记得那充满异域情调的花纹，我们赤着脚在上面跳舞。夜晚来临时，有几个年龄相仿的女孩子也过来了。我们把灯关了，点着蜡烛，音乐开得很响，我们一起在地毯上跳舞。伏特加太有劲了，我学着他们的样子，先吐口气，然后一饮而尽，很快就飘飘欲仙了。音乐是那么美好，年轻的身体本就该跳舞，我们尽情地蹦蹦跳跳，扭动着身体，群魔乱舞。后来，我跟一个叫娜斯加的女孩坐到了阳台上，看乡下美丽的夜空，星星闪烁如宝石，两颗青春的心同样绚烂。

一直坐到天边发白，杯子空了，我们也偎依在了一起。

天微凉，脑袋微涨，斯蒂芬说治疗的方法是再喝一杯烈酒。我们翻滚着爬起来，抖去一晚的疲惫，沿着一条小路，散步到小树林边。我们一路闲扯着，从林子后面突然跑来两匹骏马。马背上是两个飘动着金发的少女，轰隆隆闪电般经过我们身旁，留下马的味道和咯咯咯的清脆笑声。

那年夏天，我在斯蒂芬乡下的家里住了一个星期。

在这里，我们读诗，做饭，拥抱陌生的女孩，走在连绵起伏的山坡上。

清欢如歌

列娜是我的俄罗斯女朋友，她给了我在俄罗斯最美好的时光。

和她在一起的所有日子就都是在不断地旅行。

我们第一次出发去的城市是摩尔曼斯克。那时是冬季，本来我们的计划是去高加索晒太阳，可是到了火车站发现无票可售。于是，我说那我们去北极看极光吧。她说好。很快我们就买了两张去摩尔曼斯克的票。

第二天，我们就整装出发了。

这座被北大西洋暖流眷顾的俄罗斯最北端的城市，也是我向往已久的地方。那里有在北极

圈里生长的茂密的针阔混交林，以及遍地盛开的柳兰花。夏天可以体验极昼，冬季可以看极光。

　　临出发前，我捎上了一张涅槃乐队的CD，那里面的歌成为我这一年里的最爱。那时，我和列娜正处在热恋期，看着对方的眼神，我们可以忘记时间。一路上，我们坐在哐当哐当的绿皮火车里，依偎在一起，我一个耳塞、她一个，听come as you are。

　　到摩尔曼斯克的时候，才下午两点多，可是出来一看，天早已全黑了。原来，北极圈已

进入极夜。

摩尔曼斯克是座山城，依山而立的幢幢高楼鳞次栉比，错落有致。由于受永久冻土和干燥气候的限制，这里的建筑没有高过16层的，或许是经过俄罗斯人缜密的调查，最后的结论是高于16层的建筑被认为是不牢固的。我们到达的那天，正处于极夜的黑暗中，因而看不清那些被色彩斑斓的马赛克点缀的楼宇，也见不到不远处列宁大街的繁华。本来随处可见的城市雕塑，也被掩映在黑暗里，它们记载和讲述着这座城市过去的岁月和曾经的骄傲，如今我们只看到粗硬线条勾勒的轮廓隐藏在夜色里。

我们俩站在城边一处山岗的上头，不知所措。没有微风习习，没有日光和煦，极目远眺，除了黑暗再无其他。我们的脚下，野草丛生。曾经，我看到过一张山岗的照片，山坡上盛开着山花，小野果挂满灌木的枝头。好想吃一口用这小野果做成的罐头，是酸，是甜，想好好品尝一下，尤其是在这寂冷的黑夜里。

我和列娜都不想在这沉闷的市中心待着了。于是，我们快速登上了一辆开往乡间的长途巴士。不过，我们并不知道巴士开往的地方究竟是什么样，只听说那里有一个大湖。

因为未知，所以期待。旅行，有时就是冒险。

巴士驶入更浓郁的夜色里，车灯在前方拉开两道明亮的口子，里面是飘起的飞雪。窗外漆黑一片，影影绰绰的皆是披着雪的林子，前方不知终点在何处，看不见，也望不到。涅槃的歌声，一遍又一遍地回响在我们耳际。我把音乐开得更响了，仿佛伴着这旋律，我们可以穿越眼前，到达彼岸。

五个小时后，车停在了终点。

外面根本没有灯光，也没有站台，厚厚的雪在脚下。列娜嚷嚷着问大家，谁知道旅馆怎么走。这时，同车的一个老妇人告诉我们，冬天这里旅馆都不开门。正当我们绝望时，这位老妇人又说："你们可以住到我家里。"真是幸运，不然我俩非得冻成冰棍不可。

老妇人并不是想象中的发福的俄罗斯老妈妈形象，相反她有些瘦小，脸看上去有些疲惫，一个人住着一所木头房子。她客客气气地招待我们，端出热茶和点心。我们吃了一顿记忆深刻的美味。天气异常地寒冷，-42℃的天气，我和列娜什么都不能做。我们买了生的鱼，列娜洗了洗，放了几片洋葱在上面，就让我吃，说很美味。我尝了尝，还真是别有一番风味。也许，在寒冷中食物才是最好的慰藉。一天里有短暂的日光朦胧的时刻，我和列娜沿着一条大路散步。在路口的小卖部,我们认识了一个叫卡佳的姑娘,她建议我们到运河边走走。

我们去了,在那里,我见到了平生所见的最美景色:运河将冰雪覆盖的原野一分为二,两旁的大地苍茫静寂,只有一些灌木和矮矮的小松树散落其上。极夜的天空灰蒙蒙的,天地间似笼着一层纱,一切如在梦中。望她几眼,天色就迅速地暗淡下来,再抬头时满天繁星,天幕如撒满钻石的黑绸缎般铺展在我们的头顶。

此刻的我们,如此渺小。苍穹之下,宁静异常。

高加索

消失在崇山峻岭间

在俄罗斯,最美好的时光是与列娜在一起度过的。

我提前一周从圣彼得堡来到莫斯科——这座属于她的城市。那时我们已经分手快一年了,我也要结束两年在俄罗斯的游学回国了。

记得要出发的晚上,我拖着我的笨重的行李箱走进黑夜,天空飘着细碎的雪。列娜郁郁地跟在我的后面。我的箱子太重了,以至于我的腰也扭伤了,但是我仍倔强地忍着痛赶往机场。地上的积雪已化成泥水,我的靴子踩在了泥水里。我们折腾着上了驶往机场的有轨电车。电车里满满一车人,每个人都穿着厚厚的大衣。他们是俄罗斯最普通的老百姓,或身材发福的大妈,或面孔俊朗的中年男人……每个人都默默地看着窗外,那画面,仿佛一首淡淡的哀歌。灯光昏黄的车内,往外溢出一抹光,可以看到雪花继续在飘落。

离别在即，我和列娜都没有说话。静默如谜，如这景致。

当国航的飞机从俄罗斯谢列梅捷沃国际机场起飞的时候，我不知道列娜是继续站在安检线外望着我，还是迅速地转身离开。

那些和她去过的城、度过的如锦时光，如飞扬的尘雪悄悄落定。

心念美景

那时，我住在主楼，这是俄罗斯人的圈子。

俄罗斯人热情，从交到一个朋友到两个朋友，再到几个朋友，慢慢地，我的朋友就多了起来。其中有一位来自格鲁吉亚的小伙子，个头儿不高，但是非常精悍；典型的高加索人的鹰钩鼻，打开了整张脸的纵深。我们经常一起喝酒。

这个来自高加索山脉的小伙子，给了我游历高加索的渴望。

从他的描绘里，高加索风光秀美如世外桃源，山间有舒适至极的清新空气，空气中还伴随着暖暖海洋的味道。午后晴空下的山谷里有风的歌声。

在他的宿舍里，高加索美景的照片，贴了整整一面墙。

他说，春天的高加索最美，百花齐放，很多游人在这个时节去那里度假。这位朋友在我心中一次次种下了前往高加索的梦，也给我带来了一位旅伴——我的俄罗斯女友列娜。

在他的宿舍里做客，是一件开心的事儿。他会做玫瑰花果酱，还会送人封面是格鲁吉亚首都第比利斯的练习本，所以，常常会有许多朋友聚到他的宿舍。

那一次，列娜来了。

那是我们初次见面。她带了一瓶红酒，大家聊天喝酒。她问了我很多问题，在她眼中仿佛我对中国无所不知。后来喝着喝着大家跳起了舞。她跳到淋漓时，把一条纱巾围在头上，然后一点点解下来，遮挡住自己的脸。透过纱巾，我看到她正冲着我笑，这笑容是那么温和柔软，仿佛我是她一个很熟很熟的朋友。

我的心被什么东西蜇了一下。

我们迅速热恋。像所有恋人一样，爱情展开，如胶似漆。

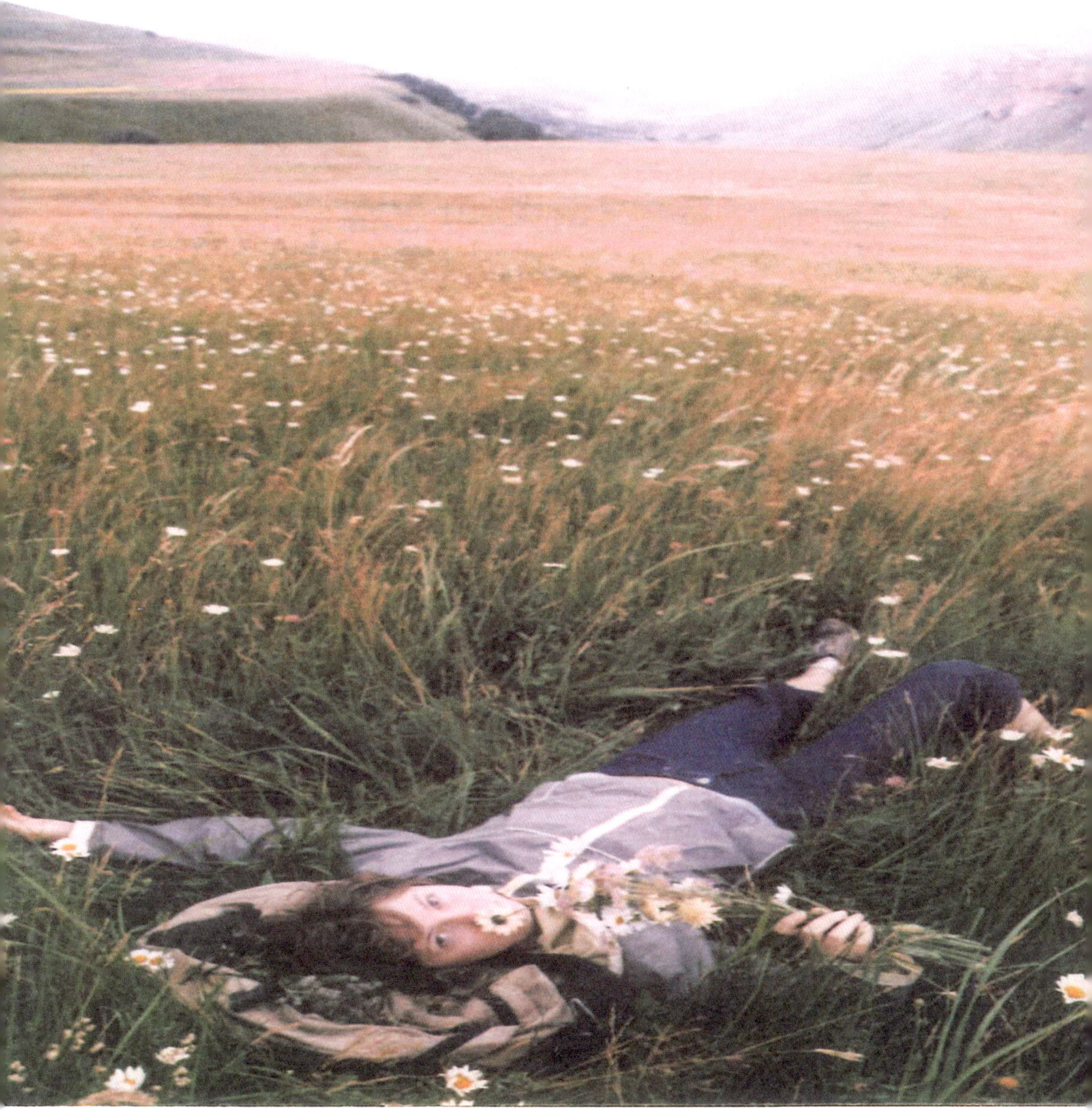

我们开始计划旅行，第一站我们最想去高加索。只可惜，就像我前面写到的那样，我们在购买去往高加索的车票时，发现没有票了，那次我们选择去了摩尔曼斯克。

高加索就这样成了我心中的一个渴望。

第二年的夏天，我们一起前往高加索。能和亲密的爱人、和青春一起去旅行，到处都留下了我们甜蜜的回忆。

在莫斯科共有9个客运火车站、11条电气化铁路、550多公里的大环行铁路，承担着从莫斯科到各个城市，以及莫斯科城内到郊外的远程快速交通。我和列娜约在莫斯科的圣彼得堡火车站碰头。在火车站月台上，我和列娜相拥而立，旁边一列正准备出发的郊外列车已然坐满了下班回家的乘客。车厢内，昏黄的灯光照着莫斯科的男男女女，他们或沉默，或凑近着交谈；某一刻，我想起《安娜·卡列尼娜》里的场景：在气雾缭绕的站台上，雪花乱舞飞溅，安娜和沃伦斯基一相逢即激情四射。

这是初夏时光，列车驶进来的时候，我紧紧地将列娜拥入怀里。随着人群，我们慢慢登上了开往高加索的列车。

前方暮霭已深浓，我们的美好旅程已开启。

静默如谜

这是个山脉连绵、鲜花盛放的地方。

曾经，名动天下的普希金和莱蒙托夫，都曾被流放到这里，并写下了很多很多关于高加索的诗句。譬如，普希金的那首长诗《高加索的俘虏》、莱蒙托夫的长诗《童僧》。那时，这个地方还被视为蛮荒之地、被"流放人"的归宿，然而它的美好仍让无数人为之倾心。

我要如何爱你
才能穿越浮华
穿越时光
不虚妄
不癫狂

诚如扎西拉姆·多多这首暗涌着梵音的诗句所言，我对高加索的热爱亦是如此。

如同恋人间的小情绪一般，高加索是未曾离别便已开始思念的地方。这里，万物皆静默如谜。巍峨的大高加索山脉，屹立在黑海与里海之间，由西北—东南贯穿格鲁吉亚、阿塞拜疆，山势险峻，山峰高耸。欧洲第一高峰的厄尔布鲁士山，是阔叶林、松树林与白雪绘制的诗篇。与之相距100公里的小高加索山脉，亦美得惊人，全长约600公里，西边是肥沃的低地，东边是库拉河凹地。

人，处在这样的大、小高加索山脉之间，举目望去，可深深感受到世界的壮阔。

未踏上开往高加索的火车之前，我和列娜曾无数次在地图上想象它们。金星地理专业的列娜总能给我说出很多专业名词，让我生出许多崇拜。

在夏天来临的时候，我们俩终于来到这里。

置身于处处皆是历史古迹的高加索，思绪会不由自主地回溯到久远的岁月：格鲁吉亚、亚美尼亚及阿塞拜疆三国，曾在这里立国，虽短短几个世纪，却建造了无数宏伟壮观的建筑，绘制了精美的壁画……尽管来的时候并没有过多了解它的历史，但是当你站在这里，你就会发现历史已经融入这里的山水，也融入了当地人的面孔。

我们住在一个当地老农的家里，他家的院子里恰好有棵樱桃树。有时，我会在日光照耀下，摘下许多樱桃，然后坐在树下的木凳子上，一边吃着樱桃，一边晒着太阳，享受着在高加索的光阴。列娜则在那儿静静地看书，树影斑驳，她专注看书的样子仿佛很久以来一直存在的一幕，直到与我亲自踏入这画面。

不过，这时的我们已经开始吵架，在开往高加索的火车上就开始了。她对我发脾气，她说她看不到未来，我说难道我们这样不好吗？那时的我，年轻至极，张狂至极，根本不懂得如何迁就一个内心敏感的女孩子。

还好，高加索绝美的风光，给予她治愈悲伤的能量。在高加索的风光里，她快乐起来，时常笑意莹然，忘了来时的不快。

高加索之美，真的是有治愈力的。

高加索山脉纵横，山涧的溪水从山顶流泻下来，山下村庄中红色屋顶镶嵌在绿色的田野上，一幅美丽的田园小景，异域风情十足。一望无垠的田野，更是美得不像话，白的、红的、黄的野花遍地皆是。最爱和列娜散步其间，往往走着走着便忘了来时的路。

我和列娜，爱极了这儿。

我们的爱情，在这山峦沟壑中起伏。

我们听说有一处美景，那里的村落由碉楼构成。于是，我们决定前往。出发前，房东说那里山路陡峭要加倍小心。我们起初没当回事，坐着小型巴士真正进入山路才觉恐怖。崎岖的山路，越来越难走，隧道还一个接一个。路边的岩壁处，经常有石头飞落下来，路边的河流亦是湍急的、浑浊不清的，让人心生恐惧。列娜的情绪又低落了，在车厢的连接处看着连绵的山脉，我们沉默了，我把她抱在怀里，对她说一切都会好起来的。

经过近10个小时的路程，我们终于抵达目的地——梅斯蒂亚。

下车的一刹那，我们就被这里的迷人美景吸引。到处是花，馨香馥郁，远远望去，高耸的碉楼屹立在阳光下，金光闪闪。它们或散落在山间，或散落在河边。已近黄昏，我们在一家旅馆住下，吃了好吃的当地水饺，喝了好喝的伏特加酒。

这里，海拔1400米。空气清新到让人想跳跃。

夜晚的碉楼村才最美。碉楼处灯光闪烁，在湛蓝的夜空下，美到如同仙境。旅馆主人用俄语告诉我和列娜关于碉楼的历史：始建于9世纪的碉楼，到12世纪之后再未新建了。经历了1000多年，现存碉楼只有200多座，幸运的是大部分碉楼保存完好。曾经，这里经常发生战争，人们在这里躲避了许多战乱厮杀。在这里居住的人，都是正宗的格鲁吉亚人，他们如同与世隔绝一般，讲着难懂的格鲁吉亚语。他们不擅招待，也不愿让任何游客进入碉楼参观。

我们只能远远地观望，陌生的历史，陌生的人，永远在那里保持陌生，即使你走到跟前。

后来，列娜提议我们去爬悬崖。

于是，沿着蜿蜒崎岖的山路，我们像孩童一般出发。从莫斯科出发前，一个朋友跟我说，我们地质系有一个英国人来到了高加索，可是不知为什么失踪了，再也没找到。我心想：是什么样的地方会这么危险，还是他在群山中找了一个归处？谁知，我和列娜越走越

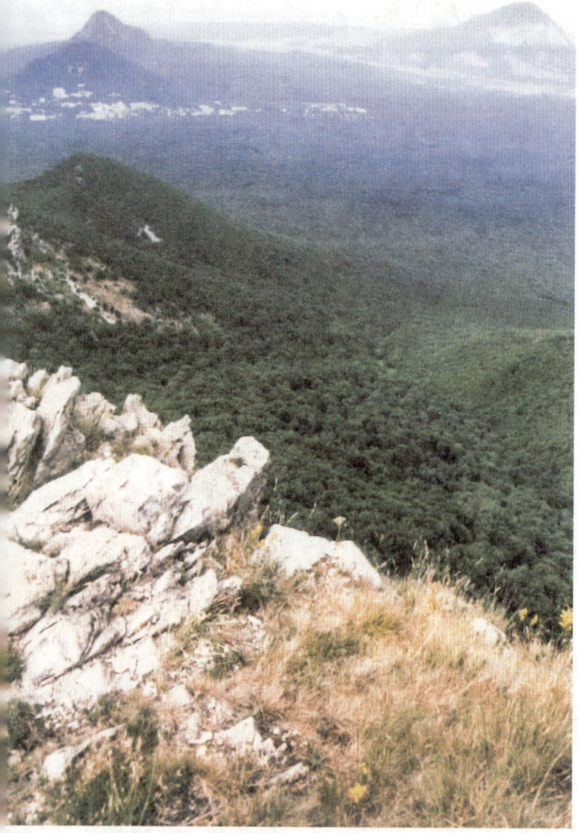

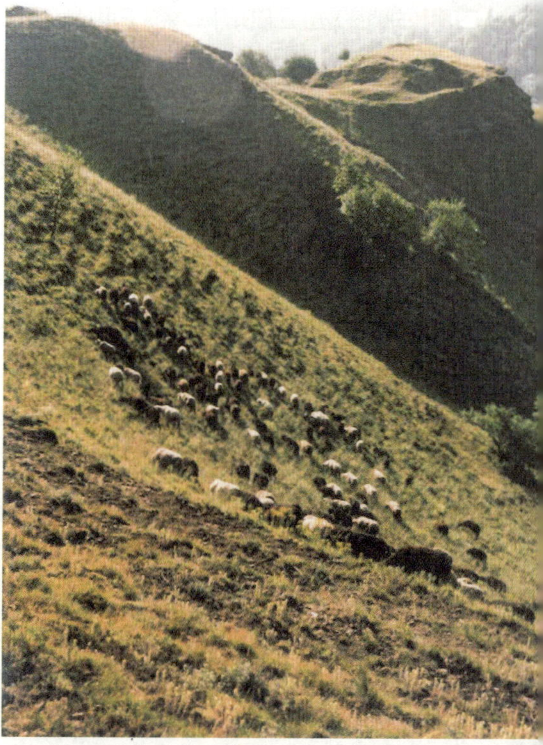

深，直到前面没有了路，一侧是高高的山巅，开满鲜花，仿佛天空中的一块巨大飞毯。我们决定直接攀爬上这个山峰。这是一个冒险的决定，当我们爬到一半，发现自己已置身于半山腰，几百米深的沟壑就在脚下时，我们战战兢兢，看着高高的山顶，脚下鲜花盛开，但没有退路。

有时，度过困难的时刻仅仅是因为你没有放弃。

当我们一步一步，携手抓住山顶的草，爬上高坡时，一片延伸至云海的花海铺陈在我们脚下。我们躺在野花丛中，惊魂未定，但很快就又快乐起来。云朵在头顶缓慢地飘过，我们久久地目送它们远去。

圣彼得堡

这里有长长的昼与夜

到机场过关的时候,我的行李超重。

安检的女子暗示我出点钱,我傻傻地问要多少,她说东西超重很多,让我自己看。我从口袋里掏出几十美元放在柜台上,她的脸色变得很不好看,嘀咕着说我动作太明显,但还是很快就把钱抓走了。

在俄罗斯这个国度,遇到多少美好,就有多少不快。

曾经,我将我最蓬勃的青春,镌刻进这一段流年时光。我在这里怀着对托尔斯泰的热爱去学习、恋爱、旅行,看独一无二的美景,感受当地的风土人情,睡不同地方的床,吃不同口味的食物。我在这里滚爬着过了两年,而此时我只渴望回到我的祖国。

临别的前几天,列娜和我站在她家的厨房里用早餐。她在给我做鸡蛋饼,上面撒上切好

的肉肠,而我背靠着墙望着她,喝着她为我冲泡的红茶。她突然转头问我为什么。我说什么为什么,她说为什么一次次从爱你的人身边离开。我默默地看着她,不知道怎么回答,此刻再说什么都无济于事,答非所问地自语道,"红茶的味道很好,尤其是放了糖之后"。

我心里也是清楚的,就此一别,过去的黄金岁月行将结束。

窗外,是莫斯科星星点点的灯光,与我两年前来时一样。

贝加尔湖

被称为"西伯利亚的蓝眼睛"的贝加尔湖，见证了我与列娜的爱情，也见证了我们逐渐增多的争吵与伤害。

这座世界上容量最大、最深、宛如一弯新月的淡水湖，是个孤独的存在，没有谁能真正进入她的内心。千万年来，她就独自驻守在西伯利亚的荒原，看着风和雪一次次来去……

贝加尔湖，位于俄罗斯东西伯利亚南部伊尔库茨克州和布里亚特共和国境内，距离蒙古国边界仅111公里，是东亚地区许多民族的发源地。

出发去这个地方时，我们已经爱得很深。

我们牵手偎依，以为这美景都是为我们而生的。拂晓时分，我们会到安加拉河畔漫步，然后驱车前往贝加尔湖畔，乘坐着贝加尔湖游览列车，开启一天的环贝加尔湖游。火车一直沿着贝加尔湖前行，在湖光山色里，我跟列娜讲我的故国之思。在久远的年代，有苏武曾流放于此牧羊，当年这里还叫作"北海"。此处亦是那一代天骄成吉思汗叱咤风云的腹地，历史故事和美丽传说都残留在这深蓝色的湖面上，只是年代久远，细节都模糊了，也就很难真正知道它最初的模样。

在后来的几天里，我们不断争吵。

那日，我们将营地转移到另一处滩地后，天空就开始飘起淅淅沥沥的小雨。不记得是因为什么，我们又闹起了别扭。是不是激情过后，就要归于平淡，而彼此伤害是通往平淡之路？我弄不明白。或许对于那时年轻气盛的我而言，也不想弄明白。我，只想一个人独处。于是，沿着湖畔的山梁，我只闷着头往前，前方是哪处我一无所知，也不感兴趣。途中，我随手采了许多许多的蘑菇，也不知走了多久，走到了一处湖畔的悬崖，探头望见山崖下惊涛

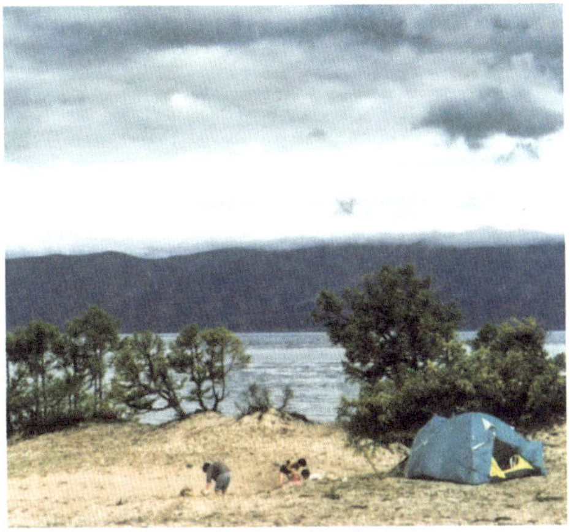

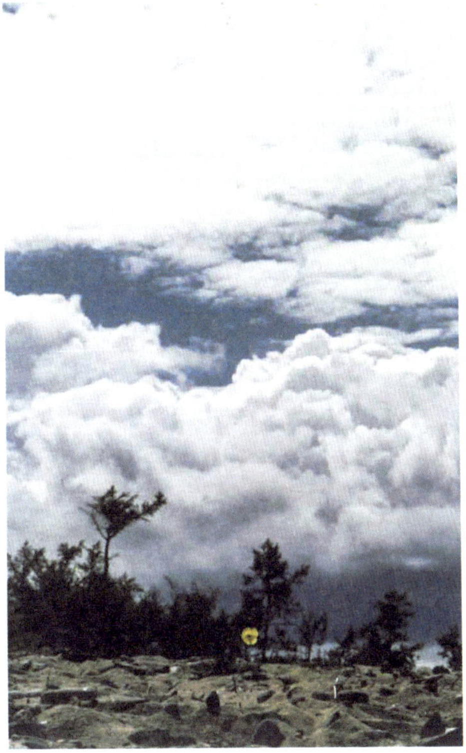

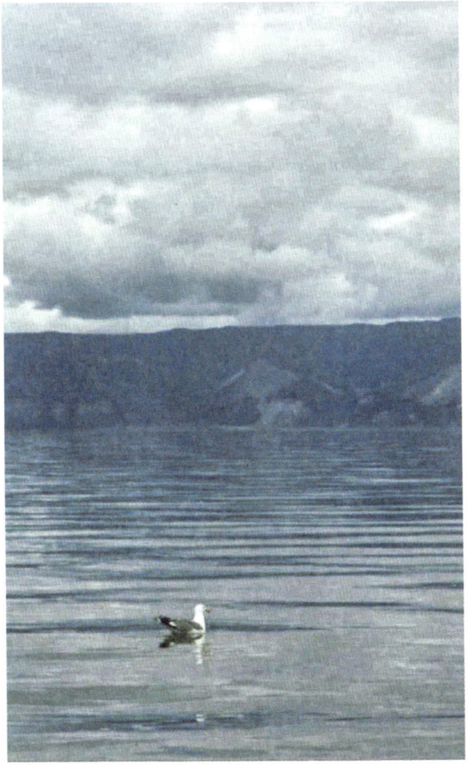

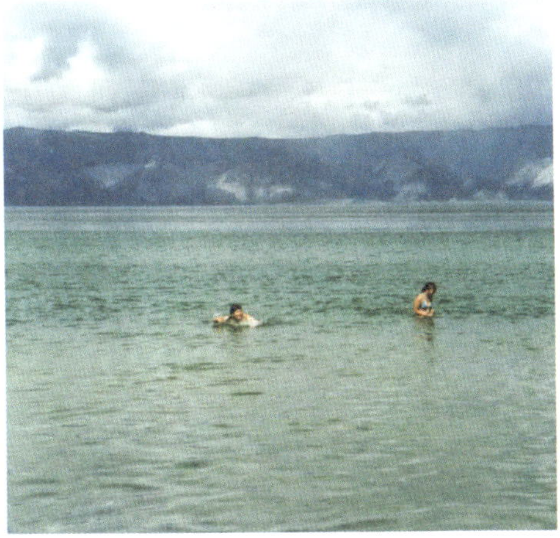

拍岸。我想下去看看是否有水位够深的地方，可以让我一个人钓钓鱼。

我又经历了一次危险的困境。

当时，我穿的是一双拖鞋，去往山崖下的路，越走越偏，最后走到无路可走，我惊觉自己正置身于悬崖上面，犹如一只飞鸟在崖壁停下，只是我并没有翅膀。往下看，是嶙峋的巨石，巨浪从远处一波波袭来，然后轰然粉碎；往上看则是滑滑的山脊，坡度也很陡，根本没有草、没有碎石，仅仅是湿滑的泥坡。我无能为力，动弹不了一步。仰面坐在一处松软的地上，然后感觉身子慢慢地往下滑，接近高高的悬崖边缘。拖鞋里都是泥，混着雨水变得滑滑的。我试图在缓缓下滑的过程中能找到任何坚固物，但我只听到波涛在悬崖上寂寞冷酷地回响。

不知道过了多久，也不知道我是如何从困境中脱离的，仿佛是神力将我从恐惧与死亡的边缘拽了回来。我突然发现双脚可以使上劲了，然后我还能稳稳地往上面挪了。最后，当我站起来重新回到山梁时，我感觉经历了生死。

回来的路上，我的心还在狂跳不止。

沿着来时的路回到营地，看到列娜正望着燃烧的柴火发呆。忽明忽暗间，时光稍纵即

逝，而我们在广阔的湖边，是那么渺小无助。刚才的危险我什么都没有说，我觉得无力，也难以开口来解释刚刚的遭遇。我把采到的蘑菇放下，然后纵身跃入贝加尔湖，在冰冷的湖水中洗净泥泞的身体。

这样的经历，我想这以后的岁月都不要再发生了。

一段感情为什么总有逼到绝境的时刻，等我们全身而返，或许很多东西已经失去。

激涌之后，复归平淡。

我深深地记住了贝加尔湖的蓝，湖水的冰冷，还有那涛声的汹涌无情。

再见圣彼得堡

两年的留学生涯接近尾声，拿到回国签证之后，我开始了在圣彼得堡最后的日子。

那个时候，圣彼得堡开始了极夜。我的俄罗斯朋友们快要进入考试阶段，都比较忙，而我无所事事，等着与这座城市告别。

我一个人在白夜里游荡，经常在博物馆一待就是一天。那阵子，我还看了很多话剧，虽然听得不是太懂，但很多是经典剧目，情节大体是知道的，比如契诃夫、奥斯特洛夫斯基的戏。我在俄罗斯看的最精彩的一出话剧是斯特林堡的《死亡之舞》，那是个发生在一座荒凉的小岛上的爱情故事，夹杂着青春的回忆、仇恨、希望和孤独。

"这是个有关温柔爱情的残酷故事。"

演出过程中，女主人的裙子居然被蜡烛给点燃了，她带着火焰一步步爬上楼梯，后来她

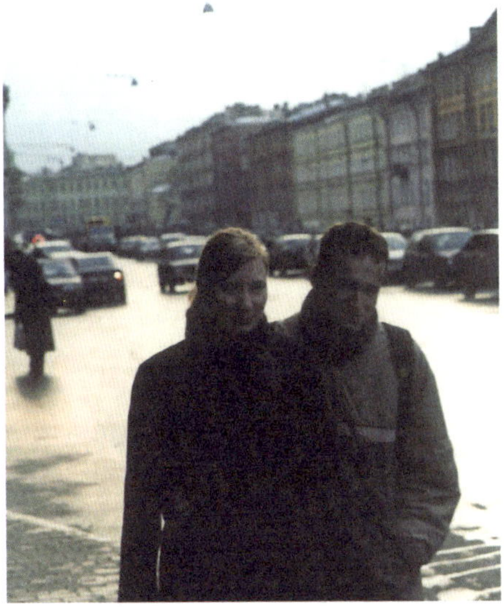

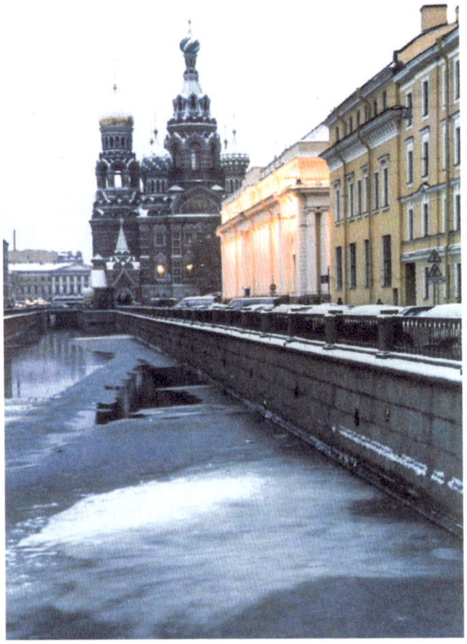

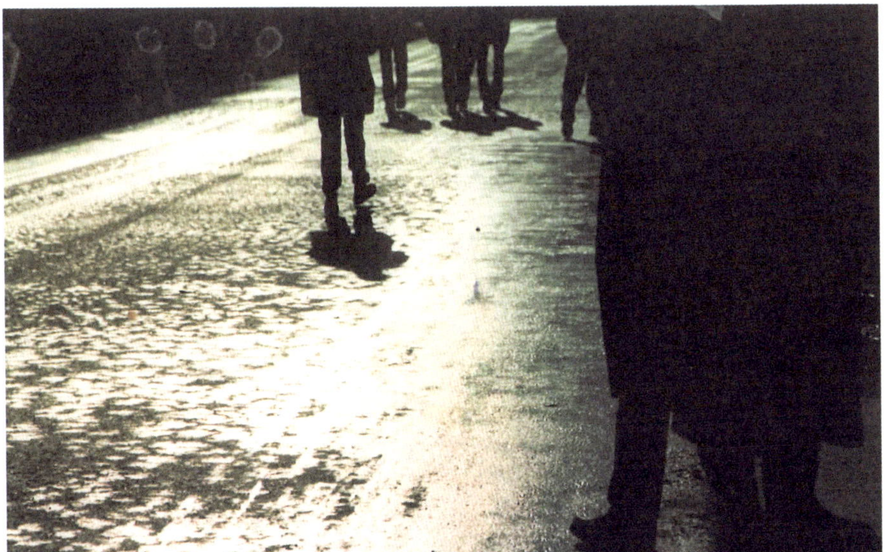

冷静地弄灭了，然后继续演自己的戏，仿佛这一幕从来没有发生，一点也没有影响到剧情的进展。结束时，全体观众起身鼓掌，我也使劲拍手。我可怜的俄语听这么文学的台词，估计只懂一半，但这陌生的距离让我热泪盈眶。

演员优雅而庄重地在掌声中给观众鞠躬回礼，有人在底下大声地叫好。

在我身边的尤里亚，也非常喜欢演员们精彩的表演，只是我和她都认识到这个悲剧故事就是送给我们的。

我和她相识的那一刻，就已经注定要分开。

我们是在一个俱乐部认识的。俱乐部的年轻人很多，摇曳的灯光下，尤里亚就在我身边舞动着身体。我在欢快的舞曲中犹豫着，当然我还是没忍住和她说起话来。那时，我脖子上戴着个写着"cccp"的小佩饰，她好奇地问我为什么戴着它，我说那是一个巨大的梦。

后来我们一起吃饭，我们一起做饭，我们一起在涅瓦河边散步，我们的相遇仿佛是圣彼

得堡白夜里明晃晃的梦。

离别的日子越来越近，往日我对圣彼得堡的抱怨渐渐消失。曾经我觉得她不够热情、不够时尚，几百年的街道在波罗的海吹来的风里日渐衰老，而如今，这一切都在离别中变得让人难过。

朋友们在我要走的前一天，为我开了个派对。那天，我所有的"狐朋狗友"都来了，马琳娜来了，萨莎来了，伊莲娜也来了。我知道，这是最后的狂欢。尤里亚招呼着我的朋友们，她没有表现出忧伤，只是和我在一起的时候变得话很少。有人开始跳舞，有人带来了伏特加。我们一直闹到很晚。我喝得酩酊大醉，模糊地记得我不停地呕吐，艾米儿、安德烈和尤里亚照顾着我，后来我就什么也不记得了。第二天醒来的时候，我身边一个人也没有了。

傍晚，艾米儿、伊万、尤里亚送我到火车站去莫斯科，我将在莫斯科短暂停留后飞往北京。

我们在月台上等待着最后离别的时刻。火车马上就要开了，我把胖胖的艾米儿抱了起来，然后是伊万，最后我轻轻拥抱了尤里亚，我们吻别。我跳上火车，火车开动了，艾米儿、尤里亚很快地从窗户里消失了。伊万，这个来自俄罗斯南方的小伙子，和我无数次一起聊诗歌的家伙，跟着火车飞跑。我向他挥手告别，他一味地跑，表情那么认真和严肃，仿佛有信心可以和火车一路这样奔跑。最终火车甩下了他，甩下了整个城市。

在莫斯科，列娜送我到机场。
那是晚上，下着小雪。我进了登机检票大厅，我们就被隔开了。我随着人群缓缓往里

066

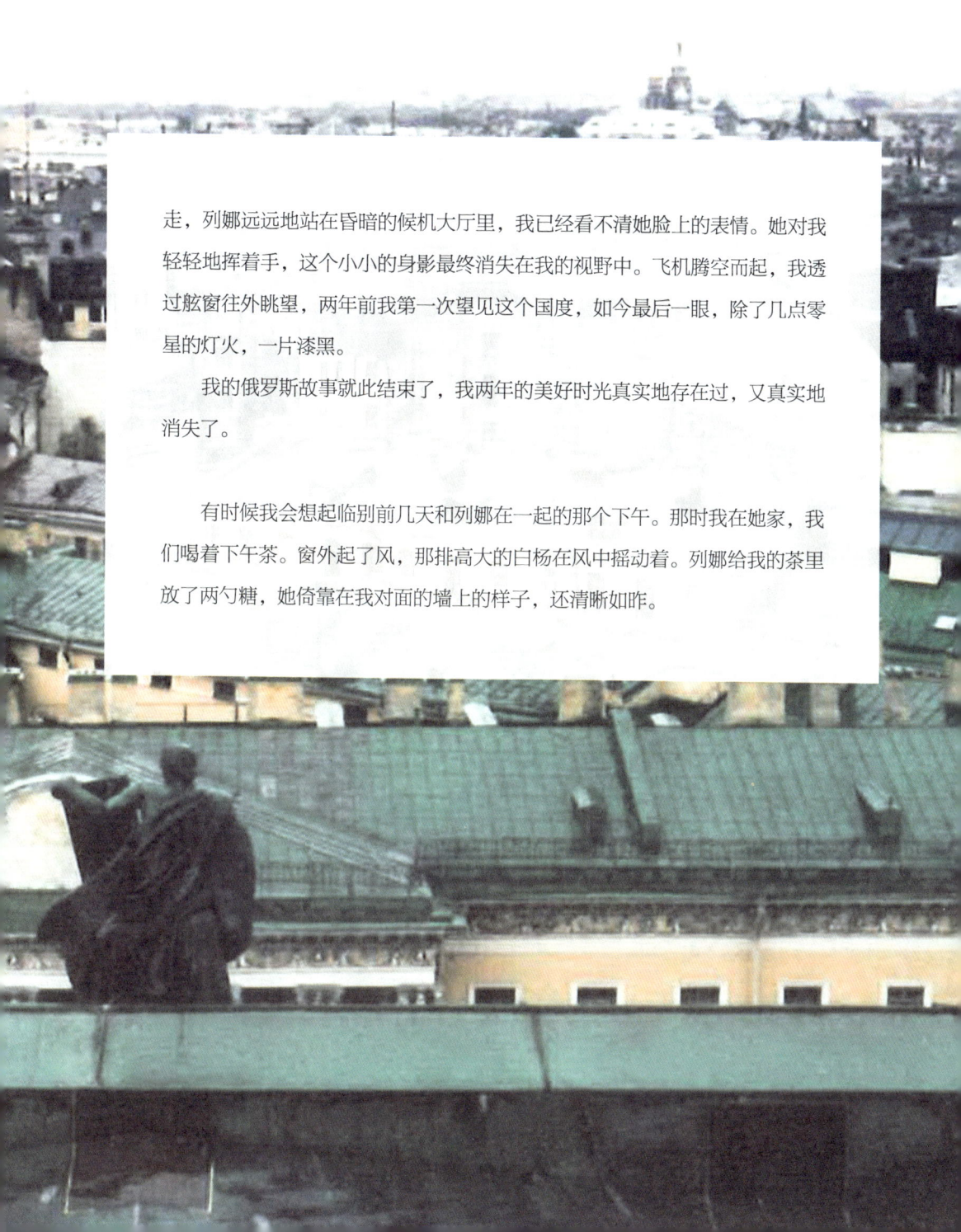

走，列娜远远地站在昏暗的候机大厅里，我已经看不清她脸上的表情。她对我轻轻地挥着手，这个小小的身影最终消失在我的视野中。飞机腾空而起，我透过舷窗往外眺望，两年前我第一次望见这个国度，如今最后一眼，除了几点零星的灯火，一片漆黑。

我的俄罗斯故事就此结束了，我两年的美好时光真实地存在过，又真实地消失了。

有时候我会想起临别前几天和列娜在一起的那个下午。那时我在她家，我们喝着下午茶。窗外起了风，那排高大的白杨在风中摇动着。列娜给我的茶里放了两勺糖，她倚靠在我对面的墙上的样子，还清晰如昨。

飞离这个国家之后，我留下了一幕电影剧本给我曾走过的城和爱过的人——它的名字叫《断桥》：

　　一个外国学生，一个异乡人，一个旅行者，他离开待了一年多的莫斯科来到圣彼得堡，过去的或许还没有完全过去，但新的生活必须开始。

　　一个女孩，她误敲了房门。她就成为电影的女主角，他们之间将要发生爱情故事。

他在这座迷人而孤独的城市行走，体会它独有的气息。他有个嗜好，就是钓鱼，他相信这座海边的城市不会让他失望。他带着一直陪伴他的钓竿在涅瓦河边走着，他看见老人们总能钓到很肥的鱼，但他一直一无所获。

他和她慢慢地认识，像所有爱情的开始，羞涩而激动。她看着他给这个城市拍摄的照片，总是孤独的街道和隐约的人影。而她的作品，是欢乐的笑脸和年轻的身体，还有各种各样的桥。这是座建在水上的城市，桥自然很多。最著名的是断桥。每当夜深的时候，涅瓦河上的桥都要一座座地打开，让港内的船离开，让海上的船进来。

他的回忆被打开，莫斯科的那个她曾经和他许诺，两人要一起看断桥。但他们没能实现这个愿望。他在海边接到电话，那一端是一如既往的沉默，就像他也曾经忍不住打她的电话，通了却不知道说什么。

新的爱情在继续，他们在岛上偎依在一起。她说她的祖国在海的那边，他却找不到祖国的方位。她问他莫斯科好吗，他没有说话，海风吹在他们远望的脸上。

告别她和她。最后，他一个人看着桥缓缓打开，巨大的轮船从中穿过，无声地离开。

兰州

我们在此相遇

这里，是她的城。

——中国大陆地理版图的几何中心，一座开阔和封闭性格兼有的城池，一座民国时期被建造师规划为中国的"文艺之都"、盛产文艺的城。

我心爱的女孩，她就住在这座城池里，文艺着、美好着。

那时，我刚刚从俄罗斯留学回来，因为在俄罗斯认识了一个来自这座文艺城池的朋友，所以回国没多久我就来到兰州旅行。那时，我豪情万千；那时，我满腔不羁；那时，我们相遇了，她的名字叫茉莉。

那时的兰州城如同一颗钻石，有着很多很多的闪光面，让我为此流连再流连，驻足再驻足。

多年过后，我还能想起初见茉莉时的情形：在一个灯光昏暗的酒吧里，她坐在高脚凳上，抽着烟。她长发披肩，穿一件墨绿色的短皮衣，牛仔裤，脖子上围着一块绣着小花的红

色方巾，那是她的前男友送给她的礼物。她的脸干净白皙，一对眉峰突转的细细眉毛，然后就是斜着眼不冷不热地与我打了个招呼。她身上有莫名吸引我的东西。我想，这种感觉应该跟她生活的城有关，是日夕朝暮里诞生的味道。

因为她，这座城市就像我的一块结石，扎扎实实地属于我，侵入了我的生命。

后来的后来，她成了我的太太。我们一路行走，一路停驻，到过成都，到过北京，到过许多这世界美好的地方，最后回到我的家乡苏州。

在一起，还有了我们的儿子。

阳光熹微的午后，我坐在苏州的家里，记录关于那时的点滴，为这一路陪伴我不断行走的你，为这温暖时光里最深爱的你。

很久以来，你成了我旅行路上心中的刺青。

就此，不再分离。

兰州，兰州

人到中年。什么话都不想说，想想那些过去的事情，在脑子里一闪而过，然后就是沉默。

飞机降落兰州，机场很简陋、很小。比起到处新建的油光锃亮的机场，这里一下子让你有了到达旅行目的地的感觉。人们总是迷恋不同，用新鲜劲满足双眼。娶媳妇，不妨娶得远远的，每次回媳妇家，你总会觉得又是一次旅行。

姐夫一家开车来接我们，很快就行驶在进城的高速路上。两旁是荒芜的土丘高坡，一直占据我们双眼的鳞次栉比的高楼消失了，举目所及，是荒芜的大自然。十多年过去，这荒芜中多了些广告牌，多了些单位种植的矮树丛，披着沙尘，其他似乎没有多大的不同。那些时而在山腰上出现的一个或几个小洞，那年我第一次来到兰州时好奇地问朋友，它们究竟是何物，到今天，我仍然没问清楚。

那个时候我刚刚从俄罗斯留学回来，因为在俄罗斯认识了一个兰州的朋友，所以回国没多久就来到这座城市旅行。

在兰州，曾经有一天，我左手挽着茉莉，右手挽着她的好闺蜜，一同走在兰州的步行街上。我们要去哪里不记得了，只记得我们那时好年轻。我们在KTV里唱那时流行的歌；我们呼朋唤友地出去吃饭，然后喝到吐；我们互相拥抱和接吻，然后说些早已忘了的情话梦话。那个瞬间，我们携手往前走，人群迎面而来，我们都是那么高兴，兜里的青春都溢出来了，洒了一路。那时的我们，仿佛是世界的王与后。后来，这些朋友中，有的不再联络，有的生病离世，有的还黏在一起。

昨天我们一起吃饭，有茉莉的闺蜜，同行的是她老公，还有另外一个朋友。都是那时候一起玩的人。喝了多少酒，说过多少闲话，一起荒唐过，去这里去那里，那么多的热情，被

时光洗过的记忆，仿佛最爱的衬衫的袖口，模糊了、零碎了。十年前的我的好朋友，今天仿佛都已经死去，伴随我死去的青春。我跟他们吃饭，一句话都没有说。过去太璀璨了，今天大家带着娃，家长里短的插不上话。

兰州的气候是我见过的最好的。国外的不说，就国内而言，夏天的兰州真的是个避暑的好地方。而冬天，这里还有暖气，太舒服了。再说，这个城市有太多好吃的了，各种各样的小吃和美味佳肴。每次回来，我都会跟着茉莉按着名单吃一轮：牛肉面就有太多家要报到，东方宫、占国、金鼎、白老七、安博尔、国保、后来开的24小时营业的舌尖尖、楼下的法家、朋友开的伊鼎香。牛肉面是茉莉每次回家很关键的理由之一。十年前我倒是没怎么有印象，后来一次次被茉莉带着吃，倒是吃上感觉了。全兰州的牛肉面各有不同，如上面所说的，其实只是其中小小的一部分。面的味道大体是差不多的，只细处有不同，有的店家油重些，有的店家辣子不同，有的汤更鲜些，有的肉比较好，有的会放芝麻，有的各种调料协调得比较好，总之味道都是不差的！牛肉和各种材料熬的老汤，然后是从最细的毛细到大宽，七八种不同的宽度带来的口感，外加一把青蒜、两勺辣子，弄几碟凉菜，或是干脆加个茶叶蛋，价格不贵，却非常美味实惠。

除了牛肉面，还有再回首的酿皮、老陈家的擀面皮、米家的凉面、黄庙的烤羊肉、醉仙楼的浆水面、鸡蛋醪糟、陈云砂锅、黄家园的肥肠面、通渭路的土豆片、姐妹酒楼的炒菜，还有灰豆子、甜醅子、手抓、猪蹄、烧烤、冻梨等等。说到水果，全国哪里没有水果，可在兰州，水果还真是好吃。大前天我们带着儿子去逛附近的菜场，有小贩推着板车在集市里叫卖，桃子、西瓜，还有各种香瓜，尝了一口，真的很甜。后来几天，茉莉姐姐买的桃子也很好吃，脆脆的。我们在公园里玩耍时，我一口一口地咬着桃子，都没舍得给儿子吃，嘴上还说着太硬了，被茉莉指着鼻子骂我贪吃。奇怪，她是从我的吃相上看出来了吗？

记得那年刚回国到兰州，我、茉莉、她的闺蜜们，还有一两个朋友，我们开车去郊外的临洮。然后我们就找到了秦代长城的起点，是在一个巨大的高高的土坡上，土坡上还有一个村子。那晚他们几个都回去了，我仿佛是计划要拍一部纪录片，所以就在村里的一户人家住下了，应该是村长家，条件好些。

村子里也没几户人家，条件其实也没啥区别，都是一个院子、几间厢房。房子里空空的，除了桌椅案几，就是土炕。第一次睡土炕就是在位于长城起点的这个村子里。那时应该是秋冬吧，我记得半夜睡不着，就沿着那两千年前的土长城走。秦长城其实就是一截子一人多高的土墙，若不是竖了块"秦长城"的石碑，它一定会被忽视的。我爬上土墙，月光清透，只记得我穿着军大衣，青色的夜，远处袭来的冷风让人哆嗦。这个务农的家庭里有男人、女人，还有一个十岁出头的姐姐和一个小弟弟。小弟弟的模样记不清了，那个姐姐一直很用功读书的样子，她父亲常常对她说要向我这个大哥哥学习，还要出去留学云云。十年过去了，弟弟应该长大了，姐姐是否已经嫁人了？

075

那段土城墙在还是不在了？十年可以改变一座城市的面貌，但或许经历了两千年，这截土墙依然在月光下寒冷地矗立着。

一个多星期后，朋友开车来接我了，他们应该是想看到我趴在村口，胡子拉碴，头发似鸡窝，然后暴啃着他们给我带的肯德基说，村里的鸡都吃完了。实际上，我每天吃的是撒了韭菜叶的酸汤面，然后在土坡上散步，在院子里看书；我还在其中一天步行十几里地去赶集，给村子买了些蒜苗和肉回来。我过得清闲，认真，日光把我从里到外晒了几轮，侵蚀我两年多的俄罗斯寒气慢慢消退，我开始接纳祖国的气息。

兰州，不但故乡人会这样深情地念叨，如果你一次次来这里，醉过、爱过、荒唐过，你也会这样念它，兰州、兰州！

为她，留在一座城

对于新疆、西藏、青海的人而言，兰州是繁华的内地；对于其他地方的人而言，兰州是那骑着骆驼的西域，神秘而具有一种杂糅的气质。

那一年，认识茉莉不久我短暂离开，去了趟内蒙古。在感受了蓝天白云、一望无际皆是草海及成群的牛羊之后，我开始怀念兰州这个简单直接、率性而为的城市。说到底，我是想念她。

我决定留下，或许是暂且留下。

留在这黄河的上游，看上去波澜不惊，我知道在这表面的平静之下，有无数的暗流涌动在我和茉莉的周遭。

她那时，正经历着一场失恋。她心爱的男孩，离开了她，她时常像电视剧里悲痛不已的女主，独自疼痛着，把我晾在一边。

但我还是决定在这座城市留下。

我在兰州的一家照相馆找了一份摄影师的工作。我需要融入这座城市，好好感受这座城市的气息，这或许也是接近她的一种方式。

兰州人好酒，尤其是男人，所以有人说这是一座浸泡在酒精里的城。兰州，最著名的地方是黄河啤酒广场。炎热的夏天里，这里场景盛大，上千张桌子挤在沙石地面上，划拳行令声不绝于耳，整座城池透着一股醉意。茉莉和她的闺蜜，偶尔也会混迹于此，而我置身其中感受到江湖的气息。

最喜欢的还是跟茉莉一起去吃牛肉面。

兰州人有多爱牛肉面，在茉莉身上看得明明白白。每天清晨，上百万的兰州人，像茉莉一样清醒后第一件事就是奔着一碗牛肉面而去。卖牛肉面的一般都是小馆子，有些做得好的有连锁，很多就是几十平方米的小店。来到店里，点上一碟凉菜，端上一大碗牛肉面，大大的一个瓷碗里，漂着红红的辣子油，撒几片牛肉，可以坐在油乎乎的桌子旁，或干脆蹲在马路牙子上，一碗香喷喷的牛肉面下肚，顿时觉得满足，美好的一天就此开始。对于我这个南方人，辣爽的牛肉面起初吃着挺香，但也不至于如茉莉般着魔。一次次跟她去吃久了，竟和茉莉一样吃不到会怀念。一碗面，就把一座城勾勒了。

茉莉对牛肉面是热爱的。她跟我讲，小时候楼下牛肉面才七毛钱，小小的她会自己下楼吃上一碗，然后再给爸爸端上一碗带回家。一路上小心翼翼地捧着，也还是会被烫上好几次，即便如此，她还是乐此不疲。后来，一路追随着我的脚步，在不同的城市停留，却再也不能吃到一碗正宗的牛肉面时，茉莉居然为此而哭。

她，是真的很爱很爱这一碗兰州的牛肉面，魂牵梦绕，心念不息。

如果不是因为茉莉，我不知道我是不是仍然会如此钟爱这座城市。它带着点野蛮气息，又不乏艺术的风骨，这里饮食刺激、性格急躁，但街上的小伙子长得阳光帅气，姑娘则完全不是你想象中的两团高原红，而是大方靓丽，魅力丝毫不输大都市的魅力女郎。

这座城市还是摇滚的天堂，他们用自己的行动掀起了兰州最炽热的"地火"。20世纪80年代初，"摇滚教父"崔健打破靡靡之音，一声声吼唱冲击震颤了兰州的音乐神经。故而，这里不乏热爱摇滚与艺术的青年。

茉莉的前男友也是个摇滚青年。他们貌似是从高中开始的，一谈多年，在茉莉即将去他待的城——成都时，他却爱上了别人。摇滚青年的心，难以捉摸。

野孩子在唱："早知道黄河的水呀干了，修那个铁桥了是做啥呀呢？早知道尕妹妹的心呀变了，谈那个恋爱了是做啥呀呢……"粗糙的歌声里埋藏的是无解的爱情。

那年我与茉莉相遇，那年沉醉在这座西北城。有朋友讥笑我，说我从俄罗斯到回国，仿佛一个逐水草而居的游牧之民。一次次离开，又一次次逗留，只是没想到在这座西北城市里遭遇了"埋伏"，改变了人生的轨迹。

我留在了兰州。

尽管，我们之间的关系还没能明朗。尽管，茉莉还没能够将前男友彻底遗忘。很多时候，我就像是爱情国度里最贫瘠的山脉，为着能绿意莹然拼尽全力。兰州人尽管性情外露，骨子里却是浪漫的。我常常会在路上遇见卖花的人。在卷起的黄沙中，我会买一束馨香的合欢回家，给茉莉也是给自己，在不明朗的情感里开垦几分温柔的质感。

还是野孩子的歌："黄河的水不停地流，流过了家，流过了兰州……月亮照在铁桥上，我就对着黄河唱。每一次醒来的时候，想起了家，想起了兰州；想起路边槐花香，想起我的好姑娘。"

骑行在兰州的大街上，听这样的歌会流泪，或许是因为风沙袭人，或许是因为动荡的爱情。

几经波折，茉莉还是决定去往成都。

在茉莉接到成都一家银行的通知时，我的心也是激动的，尽管那个城市里有茉莉的他。我却觉得我们需要一次出走、一次离开，来打破僵局。就如茉莉说的，我是个不安定的孩子，始终向往未知的地方，以及一次又一次在路上的感觉。也正因如此，她始终觉得我那颗不安分的心无法给她安定的生活。

也是，我给她的感觉始终是漂泊的，我在决定为了她留在这座城市时，给她的短信中也未曾谈及一个爱字，更别提什么承诺了。

因为，那时我的字典里，最重要的词仍然是自由。

成都

年轻人在这里快乐地老去

　　纯正的回锅肉、散着热气的肥肠粉、红汤翻滚的牛蛙火锅、街边小桌上的一脸盆鸡杂、火锅里的牛腩、蹄花炖的豆腐、河边角楼焖的黄辣丁,还有宽窄巷子里的一杯盖碗茶,这些让味蕾垂涎不已的黏稠意象,是那时成都给予我的香辣记忆……

　　我在宽巷子的巷口遇到过一位老人,我请他坐下拍照,背后是拆迁的废墟;一块块结实的牛蛙肉,是和李俊吃的,他现在是著名的摄影师,用镜头记录灰尘留下的足迹;鸡杂是春林请的,锅里店里街上,俱是杂乱不堪的美味,而如今春林已经鲜少摄影了,而是开起了古玩店……

　　牛肚豆腐、黄辣丁,还有盖碗茶,都是在那些个头顶周末日光的日子里,和茉莉一起吃掉

的。洒点开心，斗点小嘴，外加几个紧紧的拥抱，这个城市就是在晃晃悠悠中度过时光的。

岁月穿梭，我们都是这美丽世界最孤寂的孤儿。还好，有友情，还有辗转反侧的爱情，让我在成都这座城有了安慰。

——可以暂且安放，在某些瞬间被轻轻抚慰。

成都，我的无边风月

我只去过一次成都
小升初那年，随父母去的
到现在还记得双流机场驶向市区的公路
苍蝇馆子的四菜一汤和老板向着的电视
招待所房间里简易的沐浴喷头和院里靠墙的一排竹子
只是连日的缠绵阴雨和那一行父母无休止的争吵
留给我最深的画面是草堂的牌匾和都江堰散开的江面
觉得与这个城市再有瓜葛
是多年后有过的一个成都女人

她给了我火辣直接的爱，像红红的尖椒
其实她是一个活得隐忍小心翼翼的人
温暾如清晨从桶里舀起的那一勺颤悠悠的豆花
对我言听计从，直到离开我也是听我的

那些清晨从我家离开的女人
留下的有
折起一角印着唇印的白纸巾
卫生间地上的发丝
叠得冷静的被子
孤零零的一个烟头
空着的酒瓶和酒杯
垃圾桶里的牙刷

争吵和再也看不见的背影

她留下的是
一锅总也把握不好火候的小米粥
一杯蜂蜜水
一个收拾干净的房子,地板看得出拖布划过的水纹
一扇打开通风的窗,就此雾霾也闻上去新鲜
一架难晾的衣物,全部都洗过两遍
以及一封分手那天才告诉我早已压在地毯下的信
可能我们已经结婚了,可能分开了
信尾写着:还是希望你看到这封信的时候
我还在旁边笑嘻嘻

柔软、潮热、静谧、敏感、尖酸
她眼里成都的美是阴柔的
会把人变得生动而又敏感
像心脏和神经都裸露在外面
有一种被包裹的感觉,像一个点
我猜想,我给她的存在感,也许不抵一座城市
而我给她的伤害,胜于风吹雨打

我曾问她
成都的那些年如何
她说开心得都不剩回忆了
而提及和我的那些天

伤得她自己都不想回看了

她说：我和你在一起
不是因为想让你照顾
不是因为你喜欢我
不是因为你了解我
只是因为我喜欢你，我乐意
我想生活我可以多付出些
男人就该风风光光地在外面
去吧
别让自己的世界变小，宇宙可以满足你所有
于是我心安理得地一心追逐想要的
她只在某天平静地问：我还用等你吗

我们总想需要什么，其实一直都是被需要
人要有多大的福分才知道珍惜
成都还是很少有太阳，天色多云或蒙蒙
想起她，总觉得这城市有大量的温情

她说：我有的岁月都会带给你
而你有的我再也回不去
当年成都城上尽种芙蓉，四十里皆为锦绣
我想着那不负春光不负花的无边风月
心心念念芙蓉城里人如画，春伴春游夜专夜
殊不知某个凌晨，她用布罗茨基的话自问自答着

"这世上你最喜爱的是什么东西？

河流和街道——生活中悠长的一切。"

——姚少《芙蓉城》

四月的某个艳阳无风的午后,我的好友姚少发来这段缠绵动人的文字。

彼时,我正浸润在一杯观音茶的香气里,而茉莉则带着嘉嘉在我不远处嬉戏玩耍。生活如同田园里的一幕景致,岁月里丰盈着平常的味道。不过,这些文字还是激荡起我心底关于

成都这座城的种种回忆。想起，这座有着梦想气息的城；想起，曾经在这座城留下的我和茉莉之间的点点滴滴。

茉莉被分配在离成都不远的一个叫新津的地方，在银行做着一份很清闲的工作。

我又找了份摄影师的工作，在宽巷子顶头找了个房子暂时住了下来。我们每个周末相聚一次，不是她来我住的城，就是我去她在的新津，每个周末都成了假期，每个假期都有一次短暂的旅行。也好，这样很适合我的性情。

成都的慢，成都的悠扬，让我的一颗喧嚣浮躁的心有了片刻的静谧，有了柔软的情意来感受这座城。我常常会在宽窄巷子游荡，在没有茉莉陪伴的日子，或是牵着她的手。

成都，一待就是半年。

宽窄巷子其实不过是条普通的巷子罢了，只是在时光的涤荡中，这条巷子原来的模样在成都的市中心留存了下来，仿佛储存了更慢的时光，人们更愿意来这里歇歇脚。三毛，带着那股浓浓的流浪气息，被肖全记录下的那张著名照片就是在这条巷子里拍的。普通的街巷，普通的岁月，仅仅因为慢了这个时代一小步，一切都不同了。

在成都的那些时光，我和茉莉去得最多的地方就是这儿了。

周末的时候这里人流如织，车水马龙，小孩穿梭在茶客中，或者大肆哭闹，大人则懒洋洋地坐在吱呀作响的藤椅里消磨时光。冬日里最美，暖腻的阳光洒在青石板街道上，光影下，精灵在庭院不断跳动，忽而会有不知从哪里传来的悠扬琴声，夹杂着售卖小吃的叫卖声，做掏耳朵生意的吆喝声，一壶热水上来，滚烫的水冲起翻腾的竹叶青。

这里的慢，让你忘了理想；这里的悠闲，让你淡忘激情。

但，这不是我那时要的生活。

茉莉也说，这里的生活，不是她想要的样子。所以，她写下了这样的文字：

成都的天始终灰蒙蒙。
我在这样长久看不到阳光的地方觉得冰凉。
底楼的房子始终潮湿阴冷。
有时我会裹着厚厚的毛毯敲打键盘。
十指冰凉。
什么都是习惯的过程。
渐渐地一切都不以为然了。
我开始给自己做饭吃。
偶尔虎皮尖椒偶尔干煸四季豆偶尔蒸蛋。
下班之后的时间越来越容易打发。
每每在夜里一两点关电脑的时候就特遗憾怎么又该睡觉上班啦。
也开始认真地做一些事情。
比如插图比如网页比如有关业务的网站。
忙碌充实的感觉始终是好的。
这样子偶尔的休息便成了享受。

在吃过了肥肠粉、回锅肉、干锅鸭头、黄辣丁……之后，我的心又开始蠢蠢欲动，随时都准备再次上路。

更重要的是，这座城市虽是美食的天堂，却不是情感的舞台，它并不属于任何一个人。

我和茉莉在一起时，茉莉的前男友又回过头来找茉莉。他的出现，动摇着茉莉那颗还没对我确定的心。对于他，茉莉在隐忍与不舍之间摇摆。许多时候，我们都在犹豫中坚持。

在最困顿的时候，我把王小波与李银河之间的情书片段念给她听——爱你就像爱生命。

但是，在每次收到他恳求的邮件后，她都毫不犹豫地选择了回头。我可笑地给她三次选择，结果她三次全选择离我而去。最后一次，我像个挫败的老兵，在要挂断电话之前哭着对她说出灼痛人心的话语：我爱你。

走过一些路，爱过几个姑娘，但这次却被重创。

成都的辛辣岁月，远不似姚少说的那么轻柔暖人。

蜀地产桑，而有桑虫
桑虫吐丝，而做蚕茧
茧满丝熟，而天下锦

古代，锦是十一种丝织品种的最高级
蜀锦，更是蚕丝珍贵，寸锦寸金

成都的心事，丝丝缕缕
陈于锦坊之中，就于织机之上
想贵妇人看溪水荡漾想出的花纹
想老艺人一钟头最多织出的两厘米
想一梭才去一梭痴，织梭光景去如飞
想出了名的染红色，染到绯红天下重
想万千锦工最后将朴素的江水洗成了锦江

鲜丽三月，妙在成都

晓看红湿处，花重锦官城

　　　　——姚少《暖·成都》

这座锦绣的城，再丝柔如缎，同样也不是我的归处，我们的爱，在这座城也没有明天。

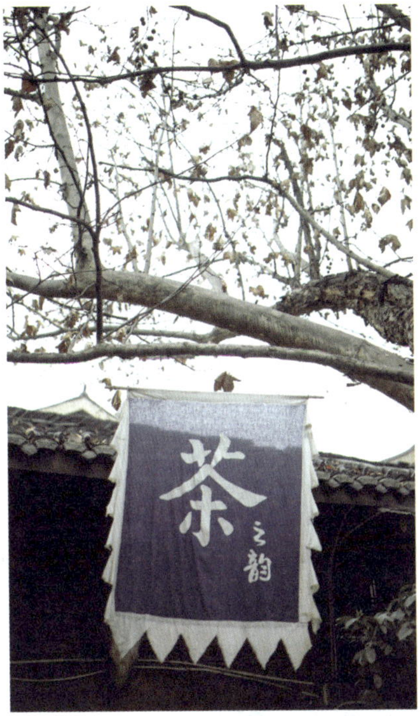
茶
之韵

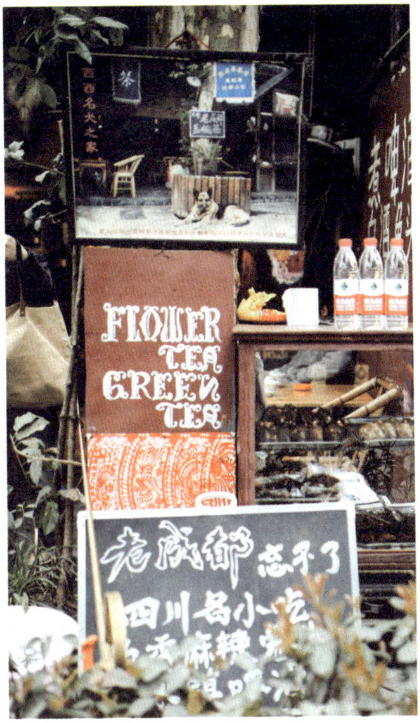
FLOWER
TEA
GREEN
TEA
老成都 忘不了

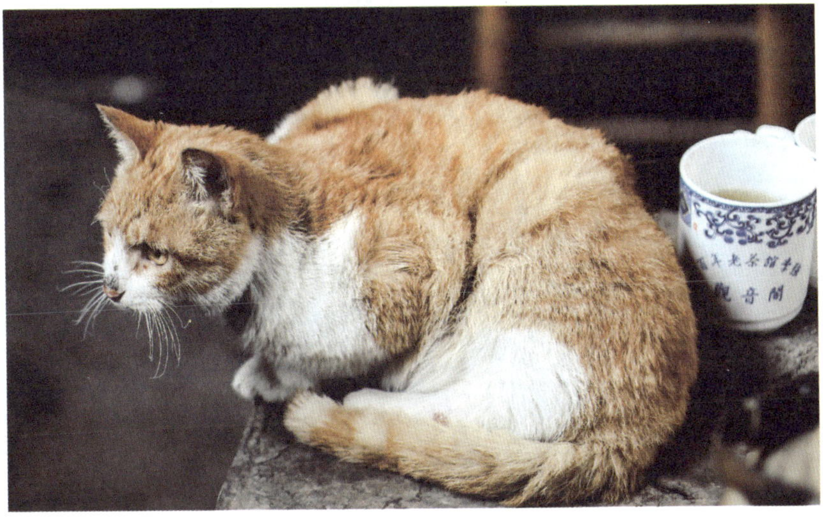

她以为的"分手旅行"

对于成都,茉莉也有了倦意。

她曾在她的中博网上记下这样的文字:

宽巷子。成都久负盛名的地方。
斑驳的墙。破旧的古屋。
慵懒的喝着茶的人们。
背着大包住在青年旅馆的外国人。

这里将成都慢节奏的闲散体现得淋漓尽致。
我听着与非门乐队的音乐倚在躺椅上看书。
依然觉得无聊。
我怕就这样随着这种节奏一步步地慢下来。
整个人困顿极了。
这里的天时刻阴霾着。
偶尔透射过来的阳光只会让我想念兰州。
想念我的家。
离开时随意的几张抓拍。

躲过阴影处，站在昏黄的夕阳可以照射到的地方看着远处。

这里。始终不是我的家。

于是，我们决定，来一次两个人的旅行，去丽江。

旅行有时就是一颗管用的阿司匹林，我想用这样的一次旅行，来拯救我们的爱情；她却以为，是一场分手旅行。所以，这样的一次旅行，于她始终是带着一种悲情意味的。在旅途中，她总是快快不快。

路途亦不作美，陡峭蜿蜒崎岖的山路，让在大巴上坐着的茉莉心里害怕极了。她埋怨我，应该坐火车的，而不应该选择乘坐这危险重重的大巴。我知道，骨子里爱冒险的茉莉，不是因为危险而害怕，而是因为缺乏安全感。她一直在我身上找不到这一点，过去的恋情同样不能。她的心，孤寂得如同落入了谷底，看四周都是黑暗。

我不跟她辩论，只给她紧紧拥抱。曾经的曾经，我也曾在那个遥远的国度里，这样一次一次地拥抱过列娜。生活，就是这样层层叠叠的往复。那时，我对列娜的安慰有着自己的不确定，这次却不一样，我的心底有种坚定在滋长。

总算顺利，一夜的颠簸，大巴车在黎明破晓前安全地进了站。

丽江沁人心脾的好空气，终于让茉莉高兴起来。她那让我迷恋不已的笑颜绽放在丽江的天空下，阳光都变得更明亮了。我心里暗想着：这女子真是有魔力。

那时的丽江，也是这样的。

"三坊一照壁，四合五天井，走马转角楼"式的瓦屋楼房鳞次栉比；高原的阳光不懂吝啬，晚上七点多仍然光芒四射；热闹的街市，各色的店铺，携手逛逛，也是有趣，什么比利时人开的甜品店、有着特别美味的草莓果汁的咖啡馆、鄂尔多斯人开的小情调餐馆，以及有着好听音乐的洋人酒吧。云南的饭菜，虽然常有异香让茉莉有点蹙眉，但味道还是不错的。加了清凉薄荷的羊肉米线，各种野菜的大集合，以及不怎么健康但吃着特别爽的云南人的特色烧烤，还有很多很多……

我们选择了一家小旅馆。

在这座古城内，貌似随时都会发生一段美丽的邂逅。茉莉穿着白色的帆布鞋，搭配一条清爽的连衣裙，她正在兴高采烈地买一碗烤豆腐，像个孩子。看着这样的她，觉得世界再艰辛，也能翻转看到幸福。

可惜，我们仍是避免不了争吵。

在古镇的石板街上，在小旅馆里，强烈的不安全感让茉莉整个人崩溃。她一再追问我，我们的未来在哪里，哪里有我们未来的方向。我生性倔强，时而愚钝，虽然内心对这段感情有坚定在滋长，但不曾许诺给任何人还未曾实现的，对于列娜是如此，茉莉也还是这样。

我给不了她确切的回答，抑或她想要的回答，她就有些歇斯底里，整日挂着哀伤，像个无法被安慰的伤心孩子。

我心疼她，但我还是不知道如何作答，我知道我只是不敢面对自己。我时常鼓足勇气，想要放下整个世界，却会在面对前面的一小步时，手足无措。

在离开丽江的前一晚，我们去了一家小酒馆，里面有个茉莉认识的音乐人在驻唱。我们找了一个角落的位置坐下，茉莉将自己深深窝进沙发里，点了一支烟。在酒吧的另一个角落，一个女子蜷坐在那儿，她的对面是一个微笑的男人，两人的关系显得暧昧，但并不亲热。男子眼神迷恋，但身体似乎收敛。丽江的情感故事隐晦，只有个中人知晓。

坐在我对面的女孩，这一次让我手足无措。

我们有这么多相同点，爱旅行，爱电影，爱音乐，爱在阳光下四处行走；然而，我们又是这样的不同，她如此感性，我却理性相随。

或许，我们真的有一天再也望不到彼此。

或许，自丽江之后，我们真的会海角天涯，自此分离。

想想，心居然就慌了。

酒吧边上有一条河，河的对面，正有两队游客在斗志昂扬地对山歌，数十人瞬间将整个酒吧街的气氛渲染得喧闹又潮流，而不远处的一个老外，正靠在酒吧的门槛处半蹲在地上，手捧着一朵玫瑰花，非常虔诚地注视着来往的行人。

　　他，在等待心上人。
　　而面对心上人的人，若即若离。

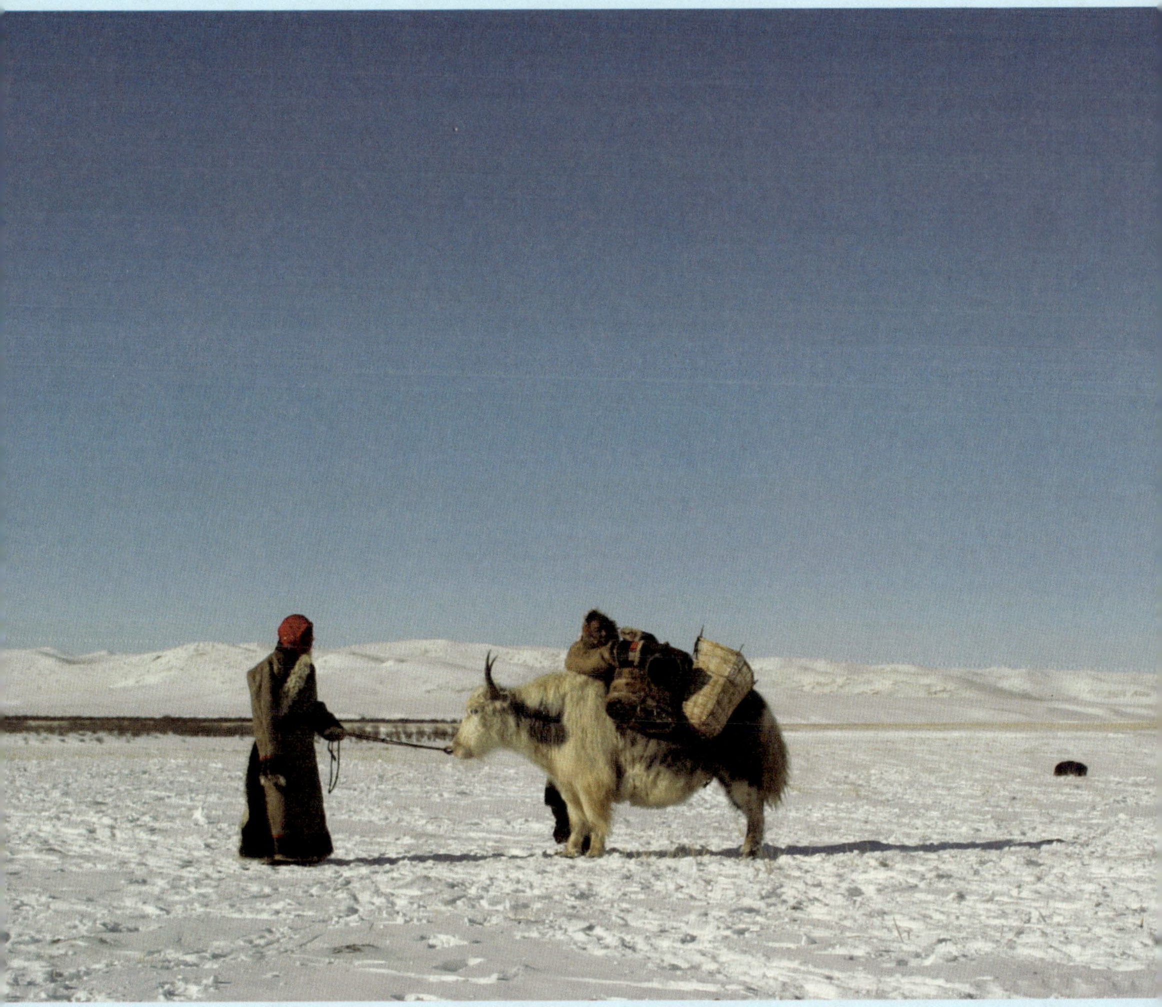

CHAPTER 2

素年锦时

旅行，是万物静默如谜

人在这个世上，
难免会孤独地走那么多的路，过那么长的人生，
有一个暖的爱人彼此相伴着走世界会不会因此而不同。

北京

梦生根发芽的地方

北京，造梦者的天堂。在这里不断上演着得到与失去、停留或离开……

我和茉莉，也曾过客一般游历过它，感应过它的万种风情。

我们紧紧地拽住触手可及的一切，仿佛一根稻草就可以载着我们渡过汪洋。只可惜，我们与这座城渐行渐远，终于远离。

谁说过，一旦离开一个地方，就仿佛从来没有去过。

八平方米的小房间，一米二的单人床，笑容定格在阳光弥漫的巷子，青春消散在秋天的风中。可，记忆的宫殿在时光里坍塌，扬起碎片尘烟。

——若一道口子，万千滋味，迎风而来！

不过，我要说的是：

北京也许你去过，也许你还未来过。但是，如果走在这座城市，那么请忘记过去和未来，在这里，往往最容易与梦想相遇。

走过那些安静的小巷，经历闹市的喧嚣；看看那些有故事的黄瓦红墙，望望那些没有尽头的城墙；还有CBD高贵冷艳的美女和半夜鼓楼大街上孤独的行人……

大北京，包容万千形态各异的人。

走过了，也不要忘了初心，这里有你最初的模样。

闪烁着梦想丰盈的城

在茉莉的犹豫不决中,我与成都到了分手的季节。

这座城市是迷人的、悠闲的,充满着暧昧的生活的味道,但它现在不属于我。一次次在难得的阳光里,我坐在宽巷子的藤椅上,等待茉莉,也等待着未知的未来。

我承认,那时的我一无所有,居无定所,漂泊颠沛,没有固定工作,只拥有一腔比天

高、比海深的强烈梦想。但是，在面对世界的时候我绝不服输，在我年轻的字典里也没有服输的字眼。我相信，我们还年轻，未来有大把的时间和经历将我们历练，或成功成名，或小康殷实，或平淡平常。在没有经过为了梦想而努力的过程之前，没有谁可以断言我的人生。

所以，我一直坚定地用我的梦想来给予茉莉承诺。

但是，梦想不能只挂在嘴上。我知道，我必须离开。

在和茉莉无数次周末相聚的小餐馆里，我跟茉莉道别。对于我的离开，她似乎觉得这是理所当然，在她的内心，似乎只有这样的结果才验证了她始终相随的不安全感。我给不了她承诺，我把承诺给了这个世界，并且依稀觉得，这个世界如果我争取到，我会把世界送给她。

就这样，我踏上了北上的旅行。

像许多次旅行一样，我步履轻快，只是我的心有了一道无法愈合的伤口。

北三环的居室里，有我的朋友，我住在他的客厅里。见了很多陌生人，做电影的、摄影的、做杂志的、导演什么的，但是记忆中的他们都面貌模糊。

没有工作，没有足够的积蓄，也没有与之相伴的恋人。

在无数个夜晚，我一遍遍独自感应着这座风华绝代的城。三里屯的酒吧街，那条气息迷离的马路，一到晚上，寂寞的人就像鱼从四面八方涌过来，在这时你就看到了这座城的灯红酒绿，男男女女坐在露天的椅子上，一边抽烟，一边用灼热的眼神对望，这是情色迷离的夜晚。黄昏的长安街，最适合散步，那么宽、那么直的马路，能让你感应到空旷，尽管不远处的广场上人流如织，你仍可以选择这样独步。北京的公园较之南方，多的只是一份皇族气息，要说情致，却少了连绵的阴雨。倒是景山公园，一处小小的山头，我去过几次。两块钱的门票，看一棵见证了帝王末日的树。爬一段愁苦煎熬的山路，到达山顶，抬眼望去就是故宫，一个至今我未入的城。城里的故事千千万，彼时我却在昏沉的暮色里寻找自己的那一个。

半夜里我给茉莉打电话，聊我在798艺术区的晃荡，聊我在电影学院里的迷茫，这个时代艺术不浮躁好像都不好意思见人，所以它的浮躁没有什么不好。大厂房改造的各种艺术家工作室、公司、咖啡馆……真是郁闷的文艺范儿青年的好去处，抽着烟，被喧哗熏陶着，阳光总是很好。

茉莉大声地笑，说我还是适合北京。

在我离开之后，她却彻底地告别了过去，跟他彻底地分了手。

故事的发展总是超出我们的设定。

但现状也好不到哪里去。我在北京寻找着新的世界，她却日渐陷入旧世界。我们的距离是两千多公里，是每过一天，我们逐渐消失的记忆。在遥远的这充盈着万千梦想的城市里，我根本无法给她安慰，也无法给她一个结结实实的拥抱。

不放弃，就是我对她的长情告白。我不断将自己看到的这个城市的点滴说给她听。

冬季悄悄来临时，我终于找到了自己喜欢的工作，在一家拍摄电视节目的公司做节目导演。

在工作之余，我游荡在北京城里，为她描述这座城市的样子。

机场辅路的风景真美，我第一次看见就喜欢上这里了。干净的柏油马路车子不多，路两旁排列的大树，像一把把天然的绿伞，让我想起在欧洲的沿途风景。如果你来，这里定会给你留下美好的第一印象。

MAO Livehouse，也很不错。这里是摇滚青年的乐园。在这儿看一场德国重金属，或者你的老相识木马乐队的现场，随手拍几张霓虹灯里烟雾弥漫的照片，跟着震耳欲聋的音响一起摇摆和嘶吼，会让你想起兰州的摇滚岁月。我总是在现场结束后，在晚风习习中，走进夜色，点一支烟给自己，慢慢抽，仿佛你一口我一口。

　　这个时候，如果你在身边，该有多好。

　　我在电影学院边上的黄亭子小区租了一个小屋。

　　八平方米的样子，我知道有点小，只容得下一张一米二的单人床。麻雀虽小，但五脏俱全。书桌、椅子、两个嵌入墙内的玻璃书柜，门口还有一个大衣柜，足以放下你所有的衣服呢。

北京，到了最寒冷的季节，抬头间能感应到刺骨的寒意带来的窒息。

但是，在这座梦想生根发芽的城，我慢慢地活了过来，并渴望着心上人的到来。

我想，带你看这儿宽阔的马路，人来人往。

我想，让你陪我去长城，去故宫，路过皇城的脚下去某地。

最后，我总是不忘补充一句，放心，我不会让你喝西北风，睡马路上的。

你来，带你去看万物风华

酒在一边，饭在一边；床在一边，家在一边；人前心肠硬了，偶尔眼眶浅了，你不在这个城池，我生了爱恨交织的心。短短的人生，我总是不停地让自己走在路上，希望看见更多的风景。一旦眼里只有你，风景都失了颜色，变得模糊，没了新意。

汽车进站，爱人离岸，吃好些蜜，吻好多人，都抵不过一个你。那些旧了的日子和目送远行的故事，每回忆一次，都让人重挫。

三宅一生说到美，应该就像日落那样。这个城市若有你在，我眼中的它才会真正风华绝代。

于是，在某一个因思念茉莉而夜深不能寐时，我给茉莉写下了这样一封长长的信：

丽丽又让明明心寒后的痴语无甚逻辑切勿断章取义！

这是个功利的需要用年轻来换取功名的时代。

我无法，至少是暂时无法在那个没有阳光没有激情没有机会的城市创造我的事业。

少不入川，就像特丽莎和托马斯不能一相见就过起田园生活一样啊。

我无法只是为了爱情而生存，就像你也不能和一个只有爱情的男人生活一样。

这个时代有这样一座城市，它是北京，我需要它，你也是。

在这里你所接受的信息、遇见的人物、可把握的机会都是别的地方所不具备的，称为首都并不是徒有虚名的。并不说别的城市不好，我只是想说北京不错，对于一个有所追求的年轻人来说，北京是必然的一站，或许你只是在此逗留，或许你将在此落脚，但你终将在这里找到自我的价值，给自我一个最深刻的定位。

总之，我去成都，风险很大，希望很小；而你到北京，风险和希望并存，我觉得风险不会很大，希望必然会有（只要你能走出离开的一步，说明你已经具备了承担风险的能力，更显示你有把握希望的信心），这算是我对为什么不是我过去而是你过来的解释吧。

无论在哪儿，仅仅我去追寻是欠缺的，因为我需要一个能发现、能展现自我的女人，需要和这样的一个女人去爱、去感受、去生活，北京可以给你这样一个锻炼的机会。

牢牢记住耶利内克的话吧：一个女人若是把生命寄托在男人身上，就好比指望买中彩票一样。如果你爱我，你就过来！或者说，如果我有钱，你就过来了？

说到底，你是怕新的生活，怕一种你不熟悉的生活。

如果我爱你，我也不能过去，我不喜欢成都，我觉得我不属于那里，找不到机会，我的生活不能在那里展开。

我喜欢挑战，喜欢更大更多机会的北京。

你懦弱了，你不敢抛弃过去，不敢和我开创新的生活，不能像特丽莎那样只身来到托马斯的身边。当他们经历了生活，他们才可能回归田间。我还年轻，但你已然只能指望爱情和稳定的生活了。你的内心已经没有或者说从来没有为人生一拼一搏的信念了。这样的勇气我试图给你，但它源于你的内心。

我对我们的未来很严肃很认真，这点你要相信啊！

或许你无力相信，你的无力来自你的过去。你的过去从来没有让你面临绝境，面临人生巨大的选择。

"生命的意义就在于你能创造这过程的美好与精彩，生命的价值就在于你能够镇静而又激动地欣赏这过程的美丽与悲壮。但是，除非你看到了目的的虚无你才能够进入这审美的境地，除非你看到了目的的绝望你才能找到审美的救助。"

当看到史铁生的这篇《我与地坛》，我一夜未眠。

生命有局限，可绝境有魅力。

我觉得人生最大的困窘不是贫困和厄运，而是昏沉麻木，没有奋起的勇气。生如夏花之绚烂，死若秋叶之静美。我想，唯有如此，才能成就美丽的人生吧。——摘自秀秀《一路坎坷一路歌》

你对这样的选择没有经验，没有内心的梦想给你鼓励、给你呐喊。

若是走过很多地方，你便不会对北京或者任何更大更陌生的地方产生可笑的恐惧；若是曾经受过各色理想人物、杰出人物的感召，你便不会面对挑战如此踌躇，如此不安，如此没有信心。

人是经验性很强的动物,像狼一样,一旦经历某事,他就会形成经验,这样的经验使他作出下一步的判断。你太缺少那样的成功经验了吧,不管是多小的事情,当你从中体会到经过努力就获得了成功,这样的经验慢慢就形成人性格的一部分,那就是只要抱有目标就勇往直前。

　　其实现实的残酷我又何尝不知道,并不是经过努力就一定会成功的。但是不努力根本就没有机会,不努力就成为另外一种生活态度,也形成另外一种人生轨迹。我的意思其实就是年轻的时候要更注重理想一些,不能太理性,你青春年少却处处以一个过来人的睿智在生活,你不觉得可笑吗?因为那不是你应该有的生活,不是你所能承受的生活。

　　你愿承受青春的冲动带来的快乐和痛苦,还是更愿接受合理生活,舒适但伴随着梦想幻灭的隐痛?

　　亲爱的,所有那些让你谨慎、小心、理性、冷静的人都是出于对你的好心,这点你我都清楚。我恰恰认为他们的想法是不理性、不切实际的。因为他们不是你,他们以自己所谓成功的睿智的经验在劝诫你。他们的经验是成功的吗,是睿智的吗?我们不需要去拷问,我们只要问一下他们,嘿,你觉得生活快乐吗,幸福吗?

　　如果他们坚定地美丽地微笑地幸福地对你点下头,那你就听他们的去吧,不但你听,我也要和他们谈谈,因为我也希望从这么睿智的人身上学到点真理。

　　亲爱的,换了你来问我,我也不会脱口而出说:嗯,我幸福。

　　生活是复杂的,越是经历很多,人越容易消沉,但并不是所有人都这样。

　　一直是在给你美丽的充满力量的蓝图,给你奋进勇往的积极的人生态度,但这终究是我的态度,你自己却无法迈出这一步。这一步决定你能否和我生活在一起,决定我们能否交集出一个共同的美好生活。

　　你一直在努力,你学习设计,很认真很有热情地去学习,你看最好的报纸,你买很多书看,你观察优秀的人,你一直在前进,可今晚你止步了,你还退缩,哼!

　　我知道一个人观念的转变不是看几个月报纸就可以带来的,不是看看书就能学会的,不是渐渐远离你的我可以带给你的。

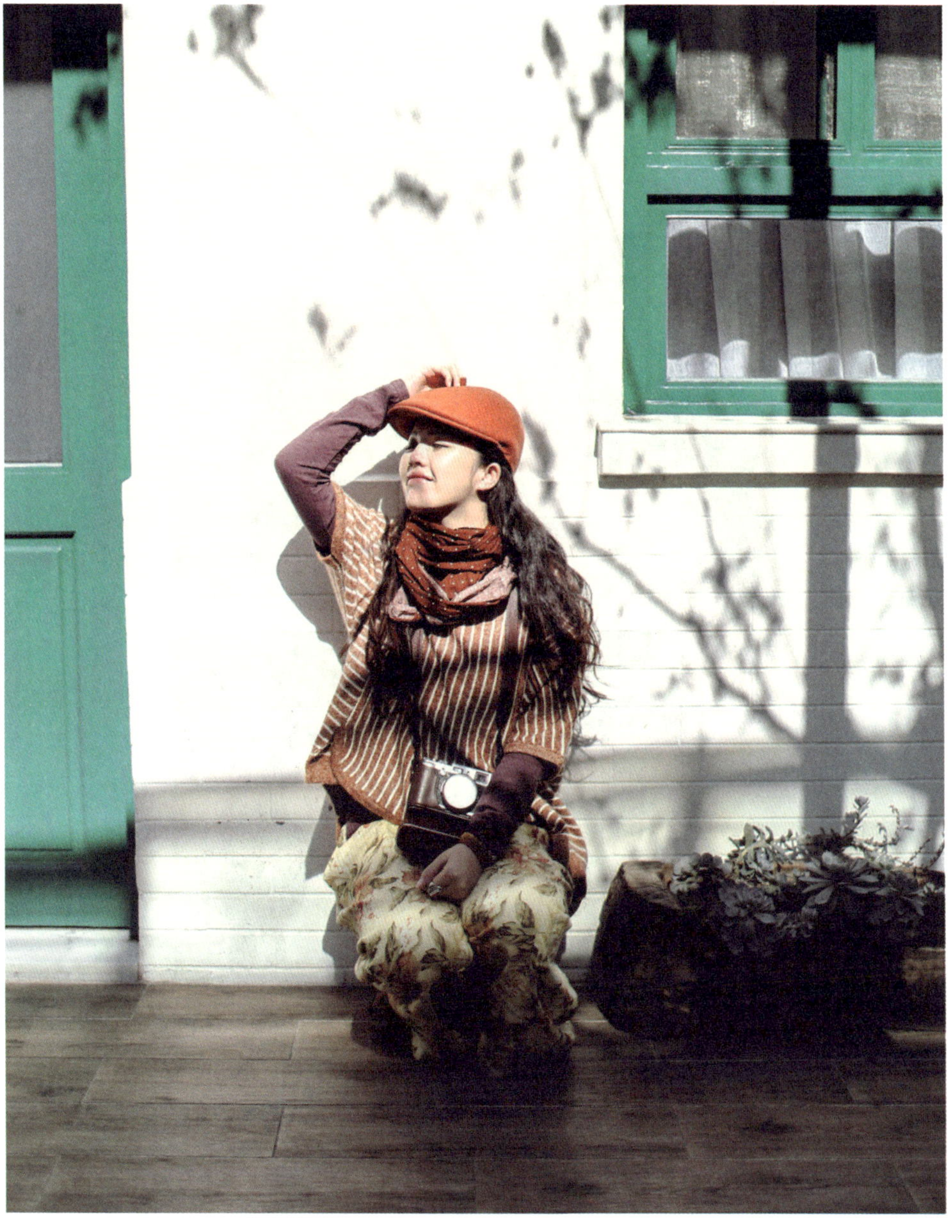

112

因为你过去的一切，因为你周遭的一切，因为你的家庭……你快睡着了，快学会"理性"地思考了。但这不是因为你的内心，我相信这一点，我对它是如此地坚信，坚信它每一次的博动都是为了一个独特坚强美丽的人生在跳跃。

"起来，不愿做奴隶的人们！"一个国家为着新生曾经浴血奋战；"不要睡去，我们是这个时代永恒的俘虏，去爱，去生活，去感受。"一个诗人为人生在低吟。

一个年轻人应该为着理想去做"不合理""不现实"的举动，这些举动有的成功了，有的失败了，可能更多的是失败呢，但对于这个世界而言，这是前进的形式。它从来不是没有价值的，从来都是成功的。我的脑中幻化出法国大革命的风暴，《九三年》里铁一般的力量，于连奋进的姿态，娜塔莎对着月光发出的对生命、对爱情的礼赞，很多很多，这是我的，是我一直希望你也能从你内心发现的。

这里再给你说那个我曾经和你说过的那期《选择》中的例子。

两个清华的学子，放着好好的研究生专业不认真读书，却要搞什么乐队。主持人请来了老教授、水木年华组合，还有音乐人徐晓刚。老教授苦苦相劝，让他们安稳些吧，水木年华很理性地分析他们的情况，告诉他们怎样在各种压力下一步一步坚持走音乐的道路，最后徐晓刚说水木年华的观点他基本上同意，但觉得太理性了，像他们这样的年纪（两个人24岁左右吧）不需要这样的思考，为理想去做是值得的。

主持人就问，那如果他们冒着学业没有的风险去做音乐，到30岁还不成功，35岁还无人知晓，怎么办？徐晓刚说，这个要看成功的定义，如果一个人可以做他喜欢做的事情，就可以叫成功吧。徐晓刚好像是个知名的音乐经济人，他开始在一个核电站工作，后来辞职（在他那个年代辞职意味着更大的风险），后来搞音乐，做到华纳中国总裁，当然后来他又不做了，自己干了，可见他始终在选择，他也有着改变的能力。

这一切都不算什么，包括会场支持占到上风这样的事实。最让我惊奇的是一个50多岁的中老年观众的发言，我以为他可能会说些所谓理性的反方的话，但他说："我想对你们两个说一句话，以我个人的生活经验，我支持你们坚持自己的理想。"

看，小茉莉，这就是时代的变化，我承认电视台选择的观众群可能相对狭小，可能没考虑到那些街头巷尾的大妈老伯,没考虑到那些为了子女为了生存在挣扎的下岗工人。或许他们这些观众在考虑问题的时候不会设身处地地站在那两个年轻人的位置(我倒觉得观众这种有距离的看法更客观些,你的亲人往往因为体会到生活中的痛苦并因为不愿让你经历而将负面的成分夸大了)。

小茉莉,你是个很聪明、很有能量的女孩子,如果不是这样,我不会这么长久地被你所吸引,不会这么喜欢你、欣赏你的。

我相信你的优秀就像我相信我的优秀一样,每个人都应该有这样的自信,不是吗?你爱我,说明你也认同我身上的这些特性,这些与他人不同的东西,虽然你也会有片刻的怀疑,那是因为你在怀疑自己,你对那个一直潜藏在你内心的真实的自我却陌生着,她一直在你的身体里,你却很少正视她,很少倾听她对你美丽的低语。

这一切都将变为过去,你要成长,你要蜕变,你不再是个可爱聪明的女孩子,你将成为一个坚强自信富有魅力的女人。生活的形态取决于态度,不同的人生态度就是各自的生活,性格即命运。

我爱你的温柔美丽,爱你的大方灵动,更爱你对生活坚强倔强的态度。

青春很快就会消逝,然而,艺术的人、勇敢的人、有情趣的人、不一样的人,他们在努力挽留着青春,呵护着那种为美、为理想而奋不顾身前行的激情。

很少有生活在我身边的人告诉我这些真诚的真理。他们一味地抱怨着生活,他们恭谨地阐释着现实,他们要你走大家的道路,走现成的道路,走合理的道理,要求你理性再理性。

因为他们也有幻想,但没有实现这些幻想的勇气,他们成为大众,成为一般人,成为地狱,而人的存在是因为他有选择的权利!是啊,在某种程度上,他人都是地狱,整个世界对着你在干。正因为如此,找到一个志趣相投、共同进退的伴侣才是件珍贵而幸福的事。

我选择了你,因为一种叫爱的东西的鼓励。它不是全面的,它不是全然理性的,它不会让我对你产生公正全面的评判和认识,但它给我一种力量。

《圣经》的第一条戒律是要你信上帝。这简单的一句话是宗教的全部,也是爱情的全部。

小茉莉，为什么不看看王小波的情书呢，如果你发现它好，我也可以为你写，写得更好、更肉麻。为什么不望一眼浩瀚的星空呢（难道因为它一直存在就可以视而不见吗）？如果它深远迷人，我也可以合上你的眼让你看见一个更远更大的星空。

为什么不望望自己的影子呢，你或许连它都不曾留意，那又如何注视你自己，倾听你内心的渴望和激情？理想、幻想，我都说得厌烦了。它们不是生活的全部，但是，它们确确实实是生活的神韵所在。

没有这些东西，生活再合理、再舒适，它恐怕也没有多少意思吧（不准接话说有意思）。社会的进步就是人类对美的追求的结晶，先哲是这样对我们说的。追求完美！要去追求，要看到更高远、更美丽、更超脱的东西。

小茉莉，生活才刚刚开始，不是吗，你已经准备拉上人生大戏的幕布，因为下面的情节观众已然熟透？不愿意和我一同去感受，一起体味上帝创世的深意吗？

精彩纷呈的人生在后头呢，它是艰辛的，但令人那么兴奋；它是沉重的，但又让人激情昂扬。不是所有的人都能感受那么多，只有对生活有理想、有幻想、有追求的人才能体味到人生的美味。说了这么久，北京难道是这么可怕吗？我会让你睡马路上吗？尽管成千上万的士兵为了新中国的诞生都睡在上海的屋檐下；我会让你喝西北风吗，尽管你喝风可能都要练出个水桶腰来；我会让你吃苦吗？是的，我会让你吃点苦的，可我一定让你对苦都不觉得苦呢。

一起生活吧，终究会有苦恼的时候，但我们相信爱，相信生活。三年困难时期，我老爸老妈都过来了，北京没有宝马别墅吃不上燕窝鱼翅的艰苦生活我们就不能挺过来？那些不赞成你抛弃过去来北京的人，那些认为你在北京将过得很苦的人，他们的想法固然出自对你关爱，恰恰不是在帮助你，因为他们没有站在你的角度上去想问题。

我在北京，我现在经济情况也不是很好，没有宝马，不舍得打车而坐地铁，但我也没有觉得自己很惨。我相信我会慢慢好起来的，在俄罗斯那么苦，那么危险的环境我都坚持过来了，而且还活出了精彩，为什么在北京不可以？

丽丽，你已经不小了，可我怎么觉得你的心灵还等待着一次茁壮的发育呢？

我也一天天老去，可我的心每跳一次都是为了继续年轻地活着。

辞藻再美丽动听也不过是辞藻，这些东西要化为我们的血肉、凝成我们的眼神、长成我们的思想才是好的。不一样的人生，自己的人生，丽丽，你的大考早晚要来的。

和我一起生活吧，我的大床容得下你的。

爱你的明明，你要敢再叽叽歪歪，我就真的不要你了。

2005.7.16晨

写这么多，我最主要的表达就一句话
——你来，我好带你去看这世间的万物风华！

拉萨

云的目的地

　　那一年的某一天，茉莉放下成都的一切，义无反顾地来到了有我的城市——闪烁着丰盈梦想的皇帝住过的城。

　　起初的她，像只小猫一般在这个城市里胆怯着、无助着。不过，她终究是个勇敢的人，聪慧、努力、漂亮。她一边几乎是被迫地感受着这个城市的林林总总，一边努力地自学着设计，许多本畅销书的美好呈现今都出自她手。因为爱旅行的缘故，她还开了一家淘宝店，一开始是各类的小杂物、电影、书籍，到最后就是旅行路上穿着的衣服。

　　她在淘宝店铺上写下了这样的签名档：一切很美，我们一直向前。

　　她说，我觉得两个人不管是在哪里，携手走在路上，就是很幸福的事儿。我们会在附近公园安静地坐下来看书，晒晒太阳；会在地铁站里、马路边定格下瞬间的记忆，记录下行走的风景。

　　随意走动之处，都是风景，这多好。

她也渐渐和北京这座城融合。在晴好的天气里，一遍遍地坐着公交车，去三里屯晒太阳；偶尔也会去798看展览，雀跃得像个孩童；去朝阳公园见个朋友，去电影学院看场内部电影。不过，她仍是喜欢后海多于三里屯，常常会在烟袋斜街的一家小店里买好多好多漂亮的小本子；喜欢在随便一家不是那么太热闹的小酒吧里待到夜色深沉，之后离开酒吧，和几个同是"北漂"的朋友去打场台球。

当然，这一切其实是来之不易的。

北京的大超出你的想象，它的变幻也超出你的理解。刚开始到北京的时候，我带她去见一个朋友，东城到西城，一路又是过天桥，换公交，足足近两个小时。下车的时候，她居然哭了，她就这样突然被安置在这么一座无所依托的城。

然而，人的适应能力真的是惊人，同时她内心的勇气又是如此强大。

世界再大，在一个对生活充满希望的人面前，也会悄悄地俯下身段。

天那么蓝，阳光这样好

和茉莉去拉萨的想法，来得实在突然。

我们从决定到去到拉萨，仅仅用了几个小时的样子。那时，我们已经在北京生活了一阵子，茉莉刚刚辞去工作，而我因为去法国出差摔断了胳膊在恢复期，正好有一点休假的时间。我那颗旅行的心，又开始蠢蠢欲动，更重要的是我很想和茉莉一起远行。

茉莉起初想去阳朔，后来还想去越南、老挝。最后，都基于这样或那样的原因取消了。在四目相对的时候，我们不约而同地说：去西藏吧！

就这样，两个处于极度兴奋状态的人，在半个小时内就将去拉萨的票订了下来，虽然因为时间和票价，我们在火车票和机票之间纠结了几个来回，最终还是订了两张飞机票。马上要出发，我们都很兴奋，说好晚上到家里吃饭的亮亮只看到手舞足蹈的两个人和一个空空的厨房。即便人家来了，我们俩还在做着去拉萨的攻略而忽略了他，到最后干瞪着眼呆了半天的亮亮只好起身自己去做饭了。看着厨房的亮亮将带鱼洗净，青菜炒好，并且把头一天的碗筷刷干净，我们俩还沉浸在一场未知旅行带来的兴奋中。

亮亮是个好亮亮，原谅我们吧。

拉萨，真是个不错的选择。

早早出发，一副还没睡醒的样子，登上了北京飞往重庆的飞机，在重庆转机顺利抵达拉萨。一下飞机，茉莉就被拉萨明媚的阳光、清新如新绿的空气所征服。她笑靥如花，一双俊美的眸流波飞转。

我们，很快住进了大昭寺旁边的一家家庭式酒店。

恰逢当时的西藏游客非常少，往常这个时节，算是拉萨游客众多的时候，而今街上非常冷清，只有个别游客夹杂在本地人中。前几天，还收到手机报中有西藏的景点门票打五折的消息。

但是西藏的美、拉萨的神圣一直没有改变。

玛吉阿米，是八廓街里面一座鼎鼎大名的餐馆。从我们的旅馆过来就两分钟的步行路程。进去，没有过往的人潮如织，我们靠窗坐下。我告诉茉莉，我们有必要在这里先缓下，以适应高原气候。于是，我们在这里从中午一直坐到了半夜，茉莉很享受这样悠闲的时光，她在这里拍照、看书、写字。

随着我们一次次的平缓呼吸，我们的心也越来越接近这座高原之城。

在小卡片上，茉莉写下这样的句子：轻云走路千万里，就为在大昭寺寺顶凝结成你。

茉莉说，这里太适合写小说，写一个没有结局的故事。说完，就真的认认真真地动笔写起来，仿似伴着桌边的蜡烛，她的灵感也被炙热燃烧起来。我肚子却饿了，拿来餐单，准备尝尝本地的藏餐。

玛吉阿米的食物，虽不够精致，却也不算粗糙，中式的热菜、西式的冷菜，各种混杂在一起，营养不消说，味道其实一般般吧，好在东西都是正宗，尝尝也好的，尤其甜茶非常好喝。最美好的是，各种新奇菜肴呼啦啦填饱肚子，可以腻歪在舒适的沙发里，看窗外明媚的阳光，缓缓让身体放松，知足了。

黄昏将近，门口的水果摊还没收摊，还在等待客人的光顾。终于，夕阳沉下，阳光尽失，掌灯了，我们也要离去。

夜色中的大昭寺周边，零星的霓虹在青色的夜空下寂寞着闪烁。

这般望着，仿佛会忘记身处的是异乡，我们本来就属于这里。

美好的人、事、风景

　　最好的旅行，除了看到美丽的风景外，重要的是要能够遇见一些有趣的人，经历一些难忘的事。

　　我们拉萨的旅行继续。

　　在八廓街的玛吉阿米轻轻松松休整了一天后，我们开始感受拉萨的迷人风情。

因为工作的原因，我是第二次来拉萨了，茉莉则是第一次来，所以我做了回不算称职的导游。在拉萨逛街真心不累，地方不大，阳光好，空气也好，更好的是坐上便宜的三轮车，短短几步路就可以到达许多著名的景点。

短短一个多星期的时间，我们就逛了很多地方，布达拉宫、大昭寺、小昭寺，大街小巷，以及不知名的院落、寺院。

拉萨真是美呀！粉色红色的小花，缤纷点缀在院子里、阳台上……是一抬眼间尽见的芬芳明艳。茉莉很爱拍照，晴空下、红瓦白墙下、日光倾斜下、摇晃晃的吊脚桥上，处处都留下了她灿烂的笑容。

拉萨不仅景美好，人亦美好，可爱。

我们在拉萨的日子，因为一个藏族朋友——三娃而精彩纷呈。认识了他，就等于认识了一帮在拉萨的朋友，我们因此也在这座城市度过了许多不同的时光。

我们的据点，在一个叫"雪山下的海"的小酒吧里。憨厚可爱的老板和美丽的老板娘早年在内地做生意，后来抛开了一切，来到这里开了小酒馆。男主人一脸和善，女主人特别擅长忘记别人的名字，连茉莉这么好记的名字，到她的嘴里，也变成百合与玫瑰，我想这可能是拉萨送给她的礼物吧。在这座城市，似乎不需要太动脑筋过日子，也不需要承载太多回忆。

在这群人里，有一个帅帅的小伙子，我们都叫他弟弟，以前是前途光明的大好青年，因为热爱这里，现在成了无所事事以享受阳光为业的游手好闲青年。因为长得很帅，穿着也很有范儿，很是讨女孩子喜欢。在拉萨，这样的日子难道不是让人艳羡的吗？

还有很多有趣的朋友，我们在海角天涯相逢，一起喝了不少酒，讲了不少胡话，在高原明亮的阳光里，生活如此美好。

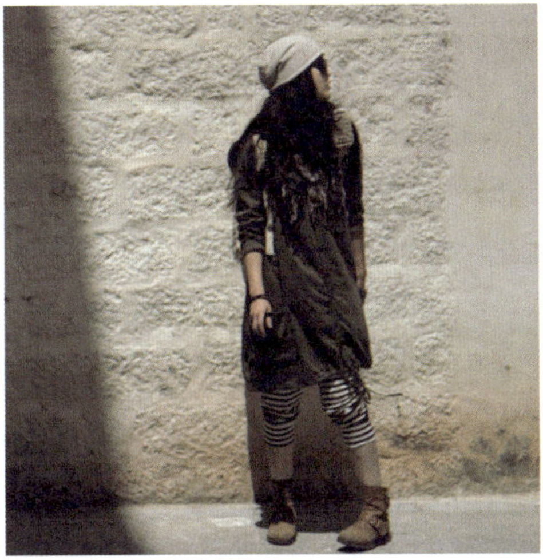

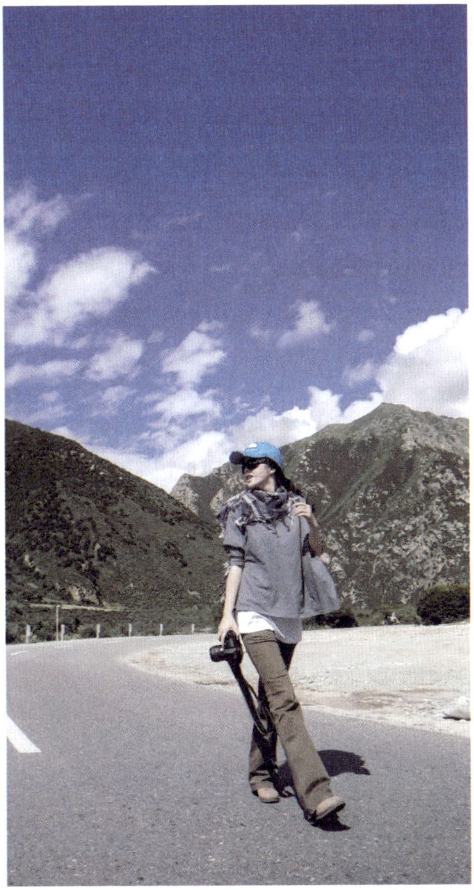

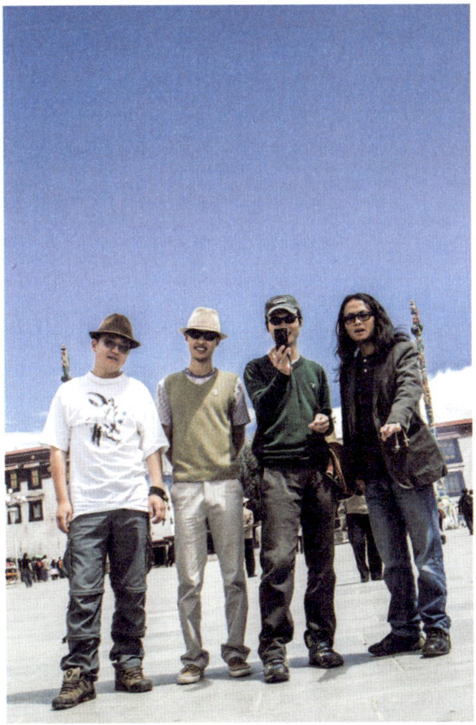

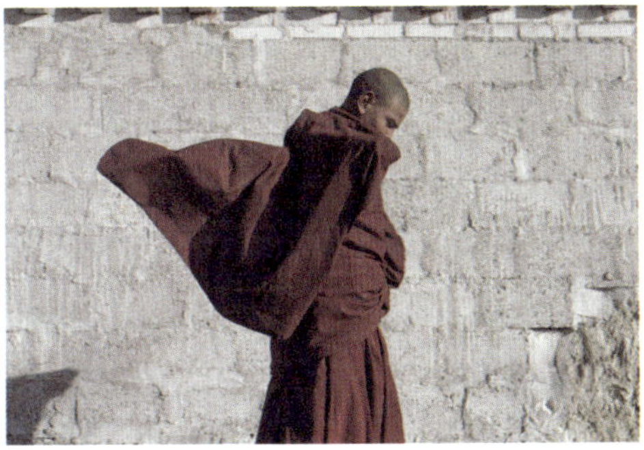

某个下午,我们从雪山下的海的小酒吧出来,弟弟、茉莉还有我,信步在老城区的街道上。弯着腰的老奶奶走过,抬头是晒黑的脸、灿烂的笑。小猫弓着背在院子里晒太阳,不远处的老妈妈在洗衣服,清凉的水溅在石板上,小猫绕步走过。弟弟说带我们去一个好玩的地方,我们就经过几条巷子进入一个院门。院子里两边都是住家,正面却是一座寺庙,但寺庙坍塌了,残垣断壁孓在那里,泥墙上长了野草,也开了鲜花。我们穿过排着的经幡,攀爬上已倾斜的楼梯,爬到二楼,一样都是残破,但从这里可以望见拉萨城的一角,屋檐林立,烟雾升腾,不知道是人家的柴火,还是寺庙的香烛。城市之上,天空好蓝,白云悠然走过,如此美好。

所有美好都会结束,像它会再次开始。

世俗生活在召唤,我们踏上归程。

但我会记得那一天,当时茉莉还在熟睡,我一个人喝完甜茶漫步街巷。

走在这座城市,你会发现,这里的人民生活得很平静,因为欲望在这个地方无处藏身,就像阳光无处不在一样。

而我们的人生之旅刚刚开始。

回京不久,弟弟在茉莉的博客日志中留言说:

拉萨的阳光依然很好哦,我们一起去的那个寺庙我后来又去了一趟。

现在这个季节显现出来一幅更加没落的画面,真的很难想象当初的辉煌。

现在从拉萨城内向远处看基本上都已经雪白一片了,阳光下异常美丽,呵呵。

那一定是和北京不一样的阳光。

想念午后一杯茶一本书晒着太阳的那一个个下午。

我和茉莉,又何尝不想念!

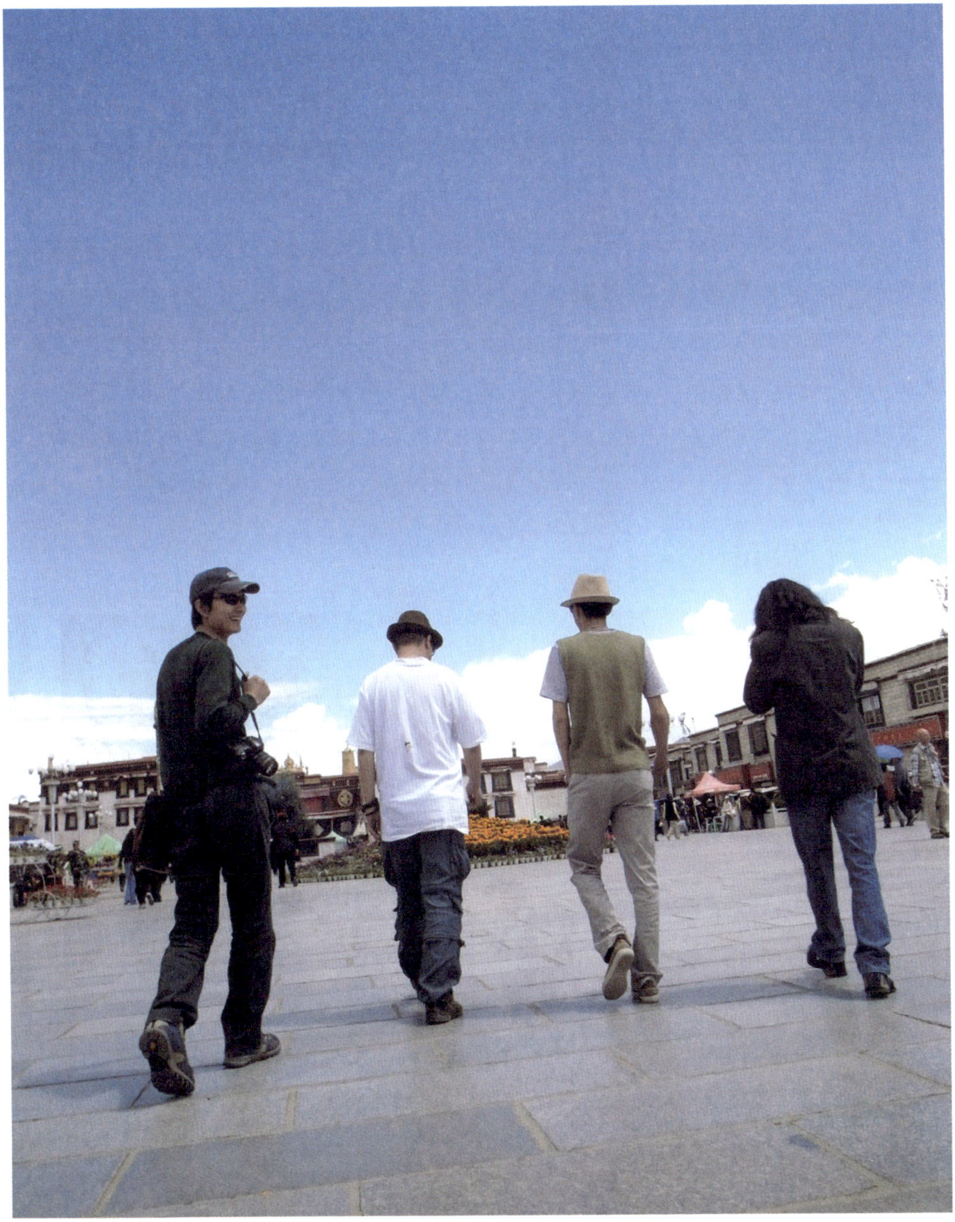

法国
一次普通的浪漫

茉莉说，浪漫的巴黎，我们要不去下吧。

就这样，我们真的就来了一次说走就走的旅行。到浪漫的巴黎，我们总得浪漫地去吧。

提起法国，浪漫的镜头无数：塞纳河边的散步，香榭丽舍林荫下的低回，酒吧里的慢酌，露天咖啡馆的细语……鲜花、烛光、香水、拥吻，亦是一样都不可以的。

真正踏入法国，你会发现其实法国人的这些浪漫表达的是他们对优雅、精致、舒适生活的渴望，从而缔造了一种令人艳羡的优雅、精致、舒适的生活方式。置身于此，你会不由自主入乡随俗地学会与人拥抱、亲吻；触目可见的鲜花，会让你心情大好，并且感受到浓浓的柔情蜜意，是的，法国人太懂得花的重要，家中有花，即便再阴霾的天也是阳光明媚，法国人不论贫富总会在花瓶里插上几枝姹紫嫣红；香水也是法国风情最好的表达，作为世界上最大的香水生产国，法国人的香水消费量也是位居世界第一的。他们对于香水的讲究，已然达

到了无与伦比的境界，是春夏有别，昼夜亦有别；法国人的浪漫，也运用在色彩和气氛上，穿衣打扮如此，日常生活亦如此，一方餐巾、一块桌布、一刀一叉，总要做到搭配讲究，细致精美。

可以说，法国人的浪漫无处不在。

街上行走，随时可以见到如画面定格般拥吻的情侣，白发苍苍的夫妇携手挽臂亲密而行，仿佛仍然刚从婚礼中走出，橱窗里售卖着精致小巧的甜点，超市货架上一排排精心摆放的商品，街头广告牌上独具创意的设计……无处不流溢着独属法国的浪漫。

巴黎就是这么浪漫，这浪漫吸引了全世界的游客。他们来这里，自然而然地，也把身上潜藏的情怀点点滴滴地吐露出来。

巴黎，一来即会爱上的城

飞机晚点了，不知道飞了多长时间终于到了法国。

走出戴高乐机场，就看见了已经等了好几个小时的杨。他带着我们来到了巴黎郊外的奥赛小镇，这是他工作和生活的地方。

巴黎，早已四通八达的公共交通让整个城市的脉络通畅，即便是住在周边风光旖旎的乡下。往来巴黎市中心也不过是个把小时的事情，同时无须担心拥挤，一百多年的地铁，有三百多个站，可以说想去哪里都可以。

我们是坐着RER城际列车，到达巴黎南部的奥赛镇的。这里因为有许多法国著名的科研

院校而成为法国的"硅谷"。这里真是个世外桃源，周围青山绿水的，很多巴黎有钱人也都喜欢住在这样的乡下，然后开着车去市区上班。茉莉不断惊叹着说，这样的生活才是理想的生活。

阳光是真的好，茉莉换上可以遮阳的大檐帽，我也戴上了墨镜。在余晖中，杨带我们开始了环城的漫步，法国的夜来得很晚，要十点多天才渐渐黑下来。在清亮的阳光下，我们步履轻盈。有在窗台晒太阳的慵懒小猫，好奇地看着我们；郁郁葱葱的林荫小道上，会不时有运动健身的人们经过；街道是如此安静洁净，没有繁华喧嚣；一路伴着的小花，没有垃圾、干净整洁的小道，不由得让我们感慨，什么时候，我们也可以拥有这样的街道，这样的阳光与空气，眼中所见的事物都还原它们最真实的色彩，每一件物品都不染尘埃，自然地存在，而我们可以在绿草与野花中席地而坐。

闲逛回来，我们回到杨的家，这次茉莉特意带过来了火锅底料，大家一起做起了火锅。杨的萍萍，早已在我们来之前就准备了好多蔬菜。到法国的第一天，我们居然都没有倒时差，快乐地沉浸在边吃边聊的聚会时光里。

因为这满眼的绿、舞动的阳光，因为久违的朋友，我们已爱上了巴黎。

第二天，我们安排了两个博物馆的参观，大名鼎鼎的卢浮宫和奥赛博物馆。

巴黎的博物馆还是很值得一逛的，当然你最好有足够的脚力，因为看一天还真是超累。我们先是到了卢浮宫。

宫殿太大了，从一楼拿了一张中文的导游图，我们就开始四处寻找。

我们参观博物馆的心态有点不对头，想把导游图上的重点作品一网打尽。

其实，一幅作品，尤其是大幅作品，细细观摩下来怎么都得要几个小时，但怎么说呢，卢浮宫的名作声名太大，实在想多看几个，管他呢，就贪心一回吧。

茉莉最想见的是蒙娜丽莎女士，这个幸运的女人已然是卢浮宫的女主人了。

关于这幅画的文章、小说、学术研究，估计可以开一个博物馆了。等寻到她跟前，其实啥也没看清——自从几年前有人用小刀"刺杀"她以后，她被关在了一个玻璃罩里，并且用栏杆隔开。人们只能踮着脚，眯着眼，从各种肤色的脑袋间隙向她遥望。

嗯，这才是真正的明星，人们只能仰望。

远远地和蒙娜丽莎打过招呼，茉莉说，接下来你带路，仿佛偌大一屋子，她就有这一位"闺蜜"。我在这里虽然有些"熟客"，但大多只是在画册上见过面，今天就一一拜访吧。

于是就带着茉莉转啊转，从拉斐尔、德拉克洛瓦、弗美尔到古希腊、古埃及的经典雕塑壁画，直看得人两眼昏花、两脚发麻。

可是累了也不能歇，还有奥赛博物馆呢。短短一周的巴黎之旅，这两个博物馆哪能错过。于是又转战到奥赛博物馆，在这里见了些印象派的"老朋友"，还看了许多惊世骇俗的作品。

奥赛博物馆是由火车站大厅改造的，但并不缺乏博物馆的气质。国外的火车站一般都比较浪漫典雅，所以奥赛博物馆虽小却精致，内里宽敞明亮富丽堂皇，名作举不胜举，以至于我俩连凡·高的大作都没打招呼就不得不匆匆离开。两个博物馆下来，仿佛用眼睛俘获了满满一兜杰作，筋疲力尽却心满意足。

回乡下吧，归根到底，名作毕竟不能填饱肚子。

捎带一瓶玫瑰酒，我们暂时忘却巴黎的繁华，在郊外快乐地度过了晚餐时光。

第三天，我们坐地铁进城来，信步在巴黎的大街上。

茉莉说，巴黎是个好巴黎，像颇有风度的老奶奶从容地衰老；警员为路人开道，司机在小路上等你先走过马路；还有郊外这纯净的阳光和缓慢的节奏，好想留在这个城市啊。我用手指点了点她迷糊的小脑袋说："不做梦，先吃饭，今天我们要享用一顿美味的法餐。"

在一个人气颇旺的街巷，我们来到萍萍推荐的一条巴黎的"美食街"。选了家看起来

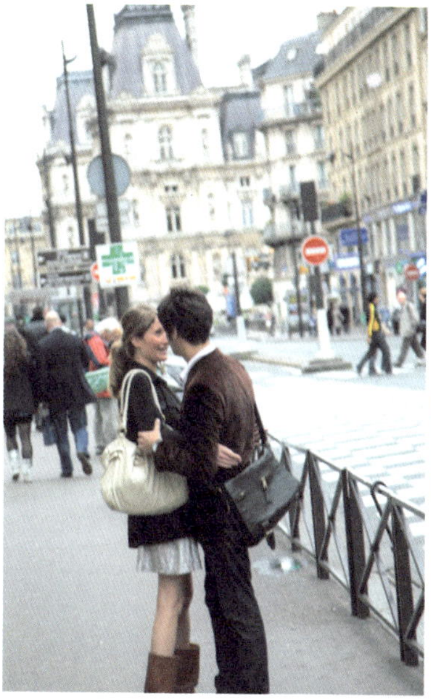

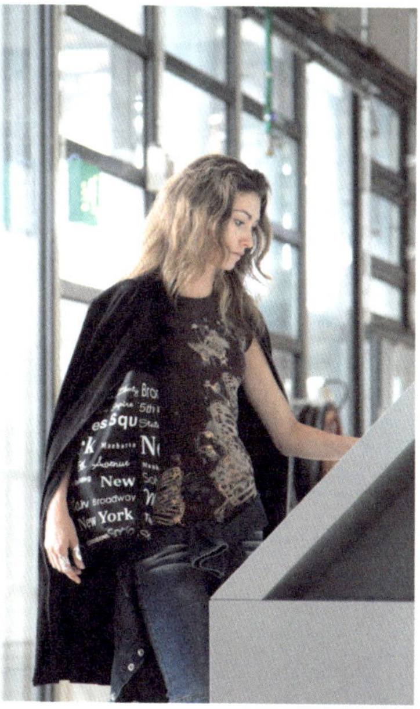

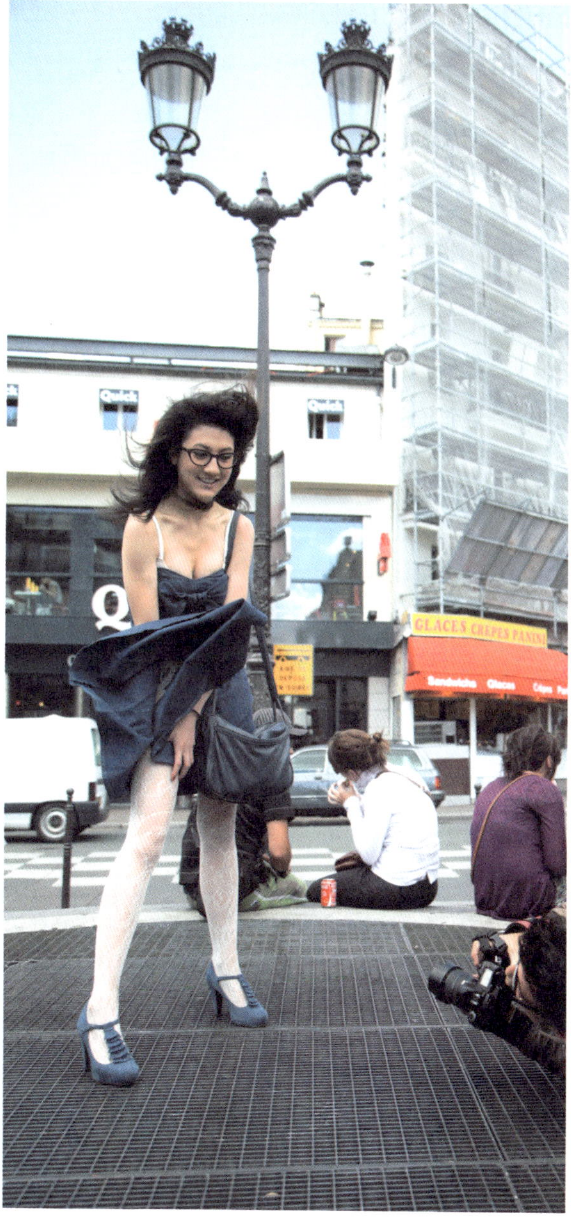

挺有情调的小店。在沿街的餐桌前坐下，尽情享受巴黎安静的那一面，品尝了蜗牛、三文鱼、羊排、鹅肝酱和各式甜点。颇感意外的是，一直对西餐很是头疼的茉莉这次居然非常喜欢。

酒足饭饱后，茉莉开心地给小侄女添添写明信片，来表达她这个小姨的思念。

我，则在欣赏巴黎的街景。

稍后不久，我们即将启程，登上去往普罗旺斯的火车。再过一个星期，正是薰衣草盛开的时节，我们去得有些早。

但是，相信运气一直眷顾着我们。

普罗旺斯，会让你忘记一切的静好存在

普罗旺斯，作为欧洲的"骑士之城"，是中世纪重要文学体裁骑士抒情诗的发源地。

她位于法国南部，毗邻地中海和意大利，原先它一直是一个默默无闻的法国乡村，直到被英国人彼得·梅尔夫妇发现。这一对夫妇逃离都市喧嚣来到这里，并写下了让这个地方从此闻名遐迩的旅游札记《普罗旺斯》，把这里悠闲的生活向世人揭开了神秘一角。

在梅尔的笔下，她静好到让人神往不已，她不再是一个单纯的地域名称，而是代表了一种人们渴慕的简单无忧、轻松慵懒的生活方式。普罗旺斯这个名字在旅行者心中不断徘徊升级，她漫山遍野的薰衣草花海是牵动人们心扉的一抹迷人亮色。在来法国之前，我就和杨、萍萍在电话里商量，除了巴黎，能否去乡下转转。因为早就听说法国除了巴黎其他都是乡下之说，我素来向往法国的田园风光。后来，扯来扯去居然扯出来个普罗旺斯。

对于骨子里就浪漫多情的女生而言，普罗旺斯显然诱惑满满，茉莉一副誓死要去的样

子，让萍萍无法回拒，所以在我们到法国之前，我们的这两位朋友早早地就帮着联系好了在普罗旺斯的住处、车票等事宜。

从巴黎坐火车到普罗旺斯，也就三个多小时的样子。最重要的是，薰衣草的花期只短短两个月，我们差不多赶在了花期开始的时候，若是幸运，或许我们能望见这美丽的第一眼。

很快，萍萍带着我俩就到了普罗旺斯。

安排妥当休整了一晚上，第二天，我们的导游就开着车带我们出发了。

在法国，有很多读书的留学生会在这里做导游，带领我们普罗旺斯一日游的就是个这样的留学生，20岁不到的小伙子，不过他懒洋洋的，似乎没有多说一句话的兴致。看来法国人的自由与散漫也影响了我们这位同胞，我们也乐得清闲，就这样安安静静地沉醉在乡村景色中吧。

像中国一样，普罗旺斯的薰衣草也会有些传说与之穿凿附会一下。不过，在我看来这个传说很是有点无厘头，但似乎也非常符合法国人的口味，复制过来让大家感受一下。

传说很久很久以前，在普罗旺斯有一个名叫香阁娜的少女。

一天，她独自在山中采摘鲜花

时，邂逅了一位来自远方的受伤的青年旅人。

一见面，他们彼此就被对方的魅力深深地吸引了。于是，香阁娜把受伤的青年带回家中，并且不顾家人的反对坚持照顾他直到痊愈。此时，两人的恋情也急速蔓延，到了难舍难分的地步。

不久，青年旅人向香阁娜告别。

正处于热恋中的香阁娜于是决定随青年一起到开满玫瑰花的地方。即使亲人们极力阻拦，也动摇不了香阁娜的决心。为此，在她临走时，村里的老人给了她一束薰衣草，要她用这束薰衣草来试探青年旅人的心。

因为，传说薰衣草的香气能让不洁之物现形。

于是，在走出村口时，香阁娜便将这束薰衣草丢掷在青年身上。没想到，青年随着一缕紫色的轻烟消散了！随后，形单影只的香阁娜也不见了踪影。

她的消失，使得有些人认为，她和青年一样幻化成轻烟消失在山谷中了。

也有人说，她循着玫瑰的花香去寻找她的心上人了。

传说得相当自由，一点不顾及读者心情的逻辑，兀自给了一个结局，让人吃惊，让人手足无措。或许，法国人本身就不太喜欢常规的套路，就像他们的电影总是讲半天也不想讲太明白一样。也是，如果弄得跟《史记》一样头头是道亦能自圆其说，难免就少了一份洒脱。何况这个小故事让紫色的花海多少增添了几分淡淡的惆怅，传说也就到此为止。

还是回到薰衣草之旅上吧。

开车大概一个多小时，就来到了种满薰衣草的乡下。中途，我们在挂满樱桃的路边停了下来，摘了樱桃直接就偷吃了几颗，好甜呀。仿佛是很久很久以前，我也曾抬手从树上摘下樱桃，彼时是在高加索，在俄罗斯南方的崇山峻岭间。或许是沐浴着透彻的法国阳光与地中海气息，这里樱桃的滋味没有了酸涩，一口口，甘甜无比。

车继续沿着山下平原的小道行驶，不远处，一片紫色的花海缓缓展现在眼前，好大一片薰衣草花田！

我们真幸运，薰衣草已经盛开，那片紫色的花海漂亮得让茉莉和萍萍兴奋地惊叹。我对花倒是没有多少感觉，在这六月的夏日，我们恣意奔驰在法国乡野间的样子让我更迷恋。公路上很少有车，车轮碾过沙石路面沙沙作响，田间一派安宁，偶有农舍点缀在广阔的原野上，没有炊烟不闻鸡鸣，这份静怡的景致，让我想起了儿时的故乡。

我们置身花海，拍了好多照片。应该是花期刚刚开始，所以没有一个游人，只有我们几个像孩子一样奔跑嬉戏。法国的薰衣草长得非常丰茂，足足有半人高。紫色的花簇一畦畦整齐地铺展开来，延伸到远处的山脚。微风袭来，花浪轻浮，感觉人已融入了画中，而这一刻的记忆也被我们深深埋藏。

茉莉和萍萍玩累了，在一株樱桃树下躺下小睡起来。树荫下阳光不那么烈，空气里是淡淡的清香，一条小路直直地消失在远方，我爱上了法国的乡下。

小憩片刻，我们沉默寡言的导游给了我们另外一个惊喜，那就是带我们去看了别样的花海——向日葵花田。

向日葵是金黄色的。成千上万的向日葵整齐地排列在面前的原野上，这真是一幅心花怒放的盛景。萍萍和茉莉又一次钻进了花海里。向日葵比薰衣草更高，要高出我好多。我把茉莉架在脖子上，萍萍给我们拍照，灿烂的金黄色里，只有我们欢乐的笑声。

这里的阳光，久久不落。导游小伙说，普罗旺斯的阳光是法国最长的。这里的向日葵真是幸福，生长于此，可以与阳光更久地相守。

离开花海，我们来到了一个叫石头城的地方。

来普罗旺斯一定要顺道来这个小城转转。石头城建在山腰，视野甚是开阔，整个街区的建筑有红色、黄色、蓝色，瑰丽多彩。因为这个季节游客罕至，小城非常安静。在普罗旺斯的乡间时光里，喝一杯露天小餐馆的咖啡，望一眼迷人的山谷，闻一闻夏日里田园上刮来的风，这样的旅行悠然美好，真舍不得让时光从身边就这么悄悄地溜走。

离开石头城，我们也要离开普罗旺斯了。车辆路过一片开阔地，我们坐下喝点下午茶，吃点点心。咬一口酸甜的苹果，尝一枚饱满的紫红色的樱桃，一杯茶，几句闲话，我们都想把这安静的时光多留几分。

在渐落的夕阳里，我们三个回到漂亮的普罗旺斯火车站，木地板铺就的站台干净舒适，有很多乘客席地而坐。

一边沐浴法国最长的日照，一边等待去往繁华都市的列车。或许我们还会来到普罗旺斯，那个时候花海可能依然绚丽辽阔，但今日这份情致一定只属于此刻。

希腊

这里用蓝色书写爱情

一个多星期的法国行程将近尾声。

我们一早去和埃菲尔铁塔合影,不来这里怎么证明来过巴黎呢?

一百多年前,埃菲尔先生据说先是把这个铁疙瘩的方案给了巴塞罗那市,然而当时的西班牙人以不符合整个城市风格为由拒绝了它,没想到这玩意儿后来落脚巴黎,在一片指责中渐渐由刚硬变得柔美,最终成就了巴黎浪漫的象征。怎么说呢?巴黎人确实挺能忍的,巴黎也具有化腐朽为神奇的魔力吧。

今天,萍萍要送我们离开。

巴黎的日子结束了,萍萍会在这座城市继续她的生活,而我们则继续在路上。

我俩乘坐飞机从巴黎抵达雅典，并不逗留，而是立刻坐上轮船，经过一夜地中海航行直达圣托里尼岛。我们预定的是一家很便宜的家庭旅馆，在小岛东南角的Perissa（佩里萨）镇，一个以黑色沙滩闻名的临海小镇。

安顿完，从超市买些面包水果备着当干粮，我们就准备开始向往已久的希腊海岛之旅。

爱她，就带她来这蓝白世界的童话里
——Fira小镇

有人说，一生中一定要去一次希腊。

有人说，一生定会有一个地方让你怦然心动，那个地方一定是圣托里尼。

是的，在蓝色地中海上镶嵌着许多迷人的小岛，它们属于希腊。这些岛屿无疑是最适合入画的，是怎么画都美，是怎么拍摄都惊艳，人们迷恋于它不可抗拒的纯粹圣洁，迷恋于它的浪漫情调。

我们抵达的圣托里尼就是非常著名的一座希腊海岛，这里终日聚集着大量的欧洲游客。

曾经，只要一提到"希腊爱琴海"，眼前就是一幅碧海蓝天、白房子、蓝顶教堂的浪漫画面。如今我终于抵达这个"蓝白天堂"的圣托里尼，还牵着茉莉的手，一起漫步这海岛。

所有的攻略里都会写到：到圣托里尼度假，一定要去Fira（费拉）和Ola（伊亚）。

所以，我们的第一站就是Fira小镇，坐车从Perissa出发，经过一个多小时就到了。

Fira小镇，是圣托里尼最大的城市。

曾经，这里数次遭受火山爆发，在公元前1500年的一次大爆发中，岛中心大面积塌陷，使得原来圆形的岛屿成了如今的月牙形态。据说，那个神秘的所在——亚特兰蒂斯的消失，就源于一次火山的爆发。古老的亚特兰蒂斯文明消失在历史长河中，今人只能从古希腊的神话中不断猜测它曾经的辉煌。

小镇，依着海边的悬崖铺展开来，很多酒吧餐厅因此有了极佳的视野。不管是在这样的地方小憩片刻，还是顺着小道在城中漫步良久都是一种享受，因为风景实在是很迷人，以至于照相都不需要构图。

尽管这里的城市建筑稍显粗糙，但是作为圣托里尼的首府、商业中心，这里是整个海岛最繁华热闹的地方，不仅有旅游的氛围，而且难得地融入了许多当地人生活的画面。所谓"高空中的繁华"，就属于这里。更神奇的是，这里的餐厅、咖啡馆皆依着小镇的火山断崖而建，白色的房子层层相连，高低错落，形成一种别致的城市妙境。游人可以从巴士站穿过后面的圆拱顶教堂和小巷到达崖边，走进想去的餐厅、咖啡馆，或者小教堂。

在这样的美景里，呆呆地放空一下午也是不错的安排。

这里更是摄影者的天堂，端着相机走多久都不会觉得累，因为简单明快的建筑加上湛蓝的大海，随意搭配都是一幅画。波光中别致的海马灯，街道上排着队前行的驴子，潇洒自在的流浪小狗，慵懒晒太阳的小猫，地中海异域风情的印花布、提线娃娃，以及别有一番韵味的商业街……这些都让摄影者不停地摁动快门。

在这里的街道上散步，一个人、两个人，都浪漫。所以，如果你遇上心爱的姑娘，如果你要一场充满浪漫气息的旅行，那就来希腊，来圣托里尼吧。

到Oia小镇，牵手去看最美的日落

　　Oia小镇，是位于圣托里尼最北端的小镇，这里有"世界上最美丽的日落"。

　　在这里看日落有两个最佳的地点：一个是在Oia小镇最北端悬崖上的烽火台平台，一个是在Oia小镇最有名的风车下的小广场。

每天，Oia小镇迎来无数恋人。他们或度蜜月，或约会，或许还有分手的告别……在这里，漫步在爱琴海瑰丽的风景中，和最爱的人肩并肩、手牵手，一起看一场日落，简单而美好！

甜蜜地睡到自然醒，吃了美味的酒店早餐，我们出发去看日落。因为懒懒散散出发较晚，到达悬崖上的烽火台时已近傍晚。

这个Oia小镇比Fira要规模小些，不过希腊海岛风情更浓郁了。

在小镇上，有很多隐藏在巷弄之间的风情小店，这些店铺的招牌都是手工制作的，也是独特工艺品。听说这里还是著名的红酒产区，出产的葡萄酒在整个欧盟地区享有盛誉。

这里的建筑更加精致美妙，可能是因为建在临海的犄角上的缘故，房子从海边的山脚沿着山坡一层层铺叠着上来。每一户人家打开门窗即见大海，许多人家还有小院子，虽然院子真的很小，但种上些绿草鲜花，养几只小猫小狗，然后搬把椅子品杯红酒，眺望大海，那滋味，真是让世界上其他地方的人羡慕又嫉妒。

很难想象，在游客还没有大量来临这个小镇之前，这里的生活该是多么地迷人。海风从一望无际的蔚蓝的地中海吹来，轻轻撩开窗帘，阳光照射在屋子的每个角落，白亮白亮的，而你，从这里出发去外面闯荡，最后回到灯光闪烁如星空的海岛，找到自己的小屋。

曾经有个著名的故事，讲一个美国大财主来到希腊的海边，看见一位渔夫在那里晒太阳。财主很不解地问："为什么你不出海打鱼呢？如果多出几次海，不就可以慢慢换一艘大船捕更多的鱼吗？"渔夫问："然后呢？"财主说："然后就有更多的大船。"渔夫又问："再然后呢？"财主心满意足地说："再然后就可以悠然地享受生活了。"渔夫的回答却让财主诧异，他说："我现在不就是在享受生活吗？"

这个故事安排一个美国人和希腊人对话恐怕不无道理，至少在希腊，人们懂得享受生活。

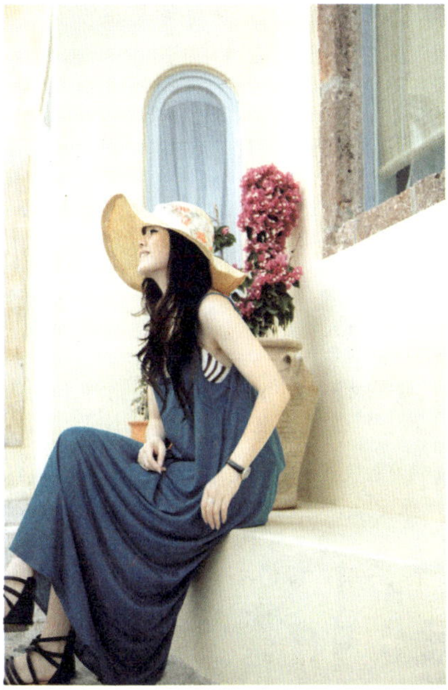

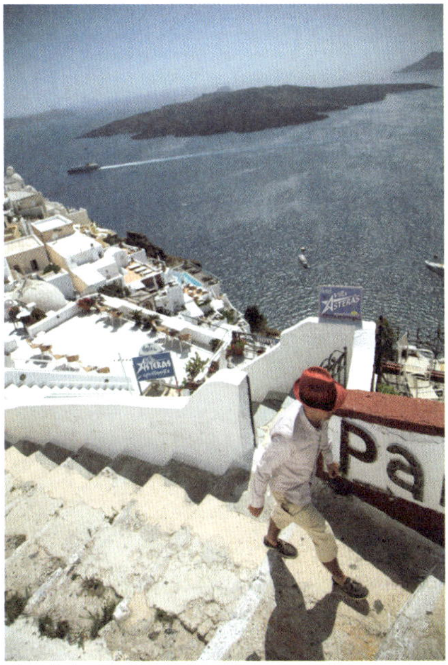
ASTERAS
ASTERAS
Pa

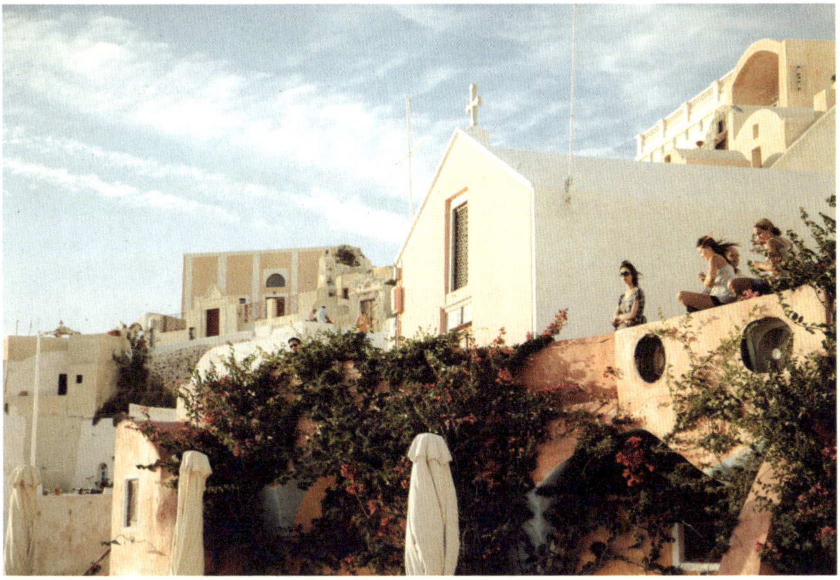

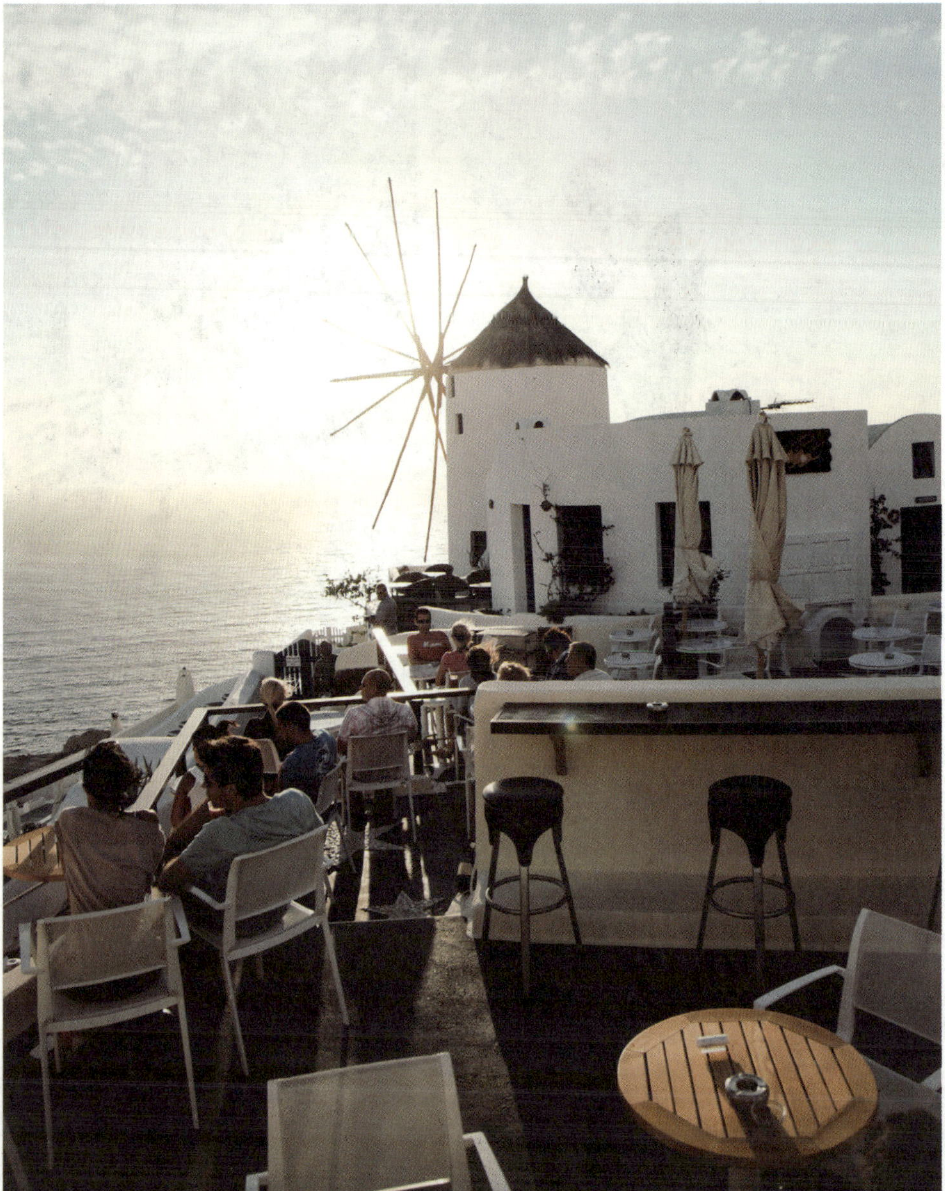

我和茉莉信步来到一家临海的餐馆，日落的时候，这里的生意分外好。我们面朝大海坐下来，等待着每天都发生，但从来未正视的壮观景色——日落。

在临海的高台上，慢慢地坐满了世界各地的游者，大家在默默地等待着传说中这世间至美的一刻。我们一边享用着晚餐，一边也静静地等待。

Oia的日落，果然迷人。

即使那天太阳并没有最终亲吻海面，而是在将落时分消失在了云层后面，但由灿烂辉煌的似火骄阳到温情脉脉的夕阳余晖，让每一个远来的客人都身心豁然，一路的艰辛似乎也都涤荡殆尽。

落日余晖，四海无声。人生若孤帆，来去皆无痕。这样的时刻简单而壮美，我相信若干年过去后，我还会清晰地记起。

圣托里尼远去了，旅行驶向终点。

但是，我们知道，静静的地中海，曾清浅地划过我们的影子。

我们曾牵手看过这世间最美的日落。

从岛上坐船回到雅典，我们短暂住了一晚。

雅典城和罗马一样，都是在古城上不断翻新的城市。然而，雅典城里的天气太热，弄得我们没有了游玩的兴致，再加上连日来的疲惫，我们草草去神庙逛了一圈，心思也已经飘回了北京。和一只向着神殿攀爬的千年神龟打了个招呼后，我们就要告别了。

雅典神庙高高在上，我们这次旅行就此止步，未知的世界只露出冰山一角，等下次再探寻吧。

收发邮件，处理家事，是到回归现实生活的时候了，生活要有精彩，也要有长久的蛰伏。等待下一次，我们再次上路。

西班牙

再见是真的再见

Gerlac在西班牙的家，是一座建在山崖边的白房子。

在这里，海边的房子都自然地选择白色为主基调，仿佛不愿意打扰蓝天、碧海、白云之间的平衡吧。

每家都有个车库，里面净是些男人的玩意儿。从车床到钉子，仿佛女人愿意流连化妆台，男人则可以在这里消磨不少时光。这些角落让人想起美国电影中典型的车库场景：父亲在车库里倒腾，孩子憧憬地看着儿时的英雄。花草在院落的周围是必不可少的，坐在树下，享受着阳光，时光就这样印入记忆。

在Gerlac家三楼的阳台上，可以面朝大海。茉莉说，要是拥有这样一个家，脚步就不会这样不断远离了。我有些不信。我们远行，并非因为家不够美，而是因为足够年轻。

当地最大的海滩，在午后勉强也能形成波涛汹涌的景致。这里是无数不知名的海湾之一，海水很蓝很安静。G说冬天的时候，整个Corela（卡瑞拉）会都空了。海风裹挟黑色的巨浪整日在海湾咆哮，这时候如果一个人躲在屋内，腿上盖一块羊绒毯，靠着时而噼啪作响的壁炉读本小说，其实也很享受。

这场景本来就有点《呼啸山庄》和《牙买加旅店》的味道。

船行驶到海中央就泊下了，纵身跃入海洋，你若是擅长潜水，就深呼吸往下再往下。阳光会如金色的利剑穿透粼粼的海面，给你打开一扇海底世界的窗户，那里是另一个寂寞的世界，海中的草，海中的树，随波摇摆，鱼儿在飞翔，游来和你照面，却个个沉默不语。在Corela的港口，家里有闲钱的都喜欢置个小船搁在这里，无论是豪华的游艇还是小舢板，总之是要置办一个的。

那晚，有一帮朋友过来吃喝，海鲜饭不可少。G亲自操刀，大家打下手。海鲜饭可以用海鲜做，也可用肉做。看起来不错，至少有辣椒，烤得也焦焦的，对于中国人的胃，它还是受欢迎的。

在这里吃饭是其次，喝酒聊天才是正道。

吃吃喝喝，游游泳晒晒太阳，在西班牙的度假生活很简单，也很健康。

一路行走，西班牙就这样留下蓝色的味道。

千夜巴塞罗那

去往法国的飞机上，我被冷到了，穿短袖是不明智的。

茉莉很聪明，也许是上次去法国的飞机上被冻得不行，这次她穿得绝对厚，以至于看到我冷飕飕的样子，露出了狡黠诡异的笑。

在阿姆斯特丹机场等待转机时，茉莉感叹道，还是迪拜机场好，有免费的无线网络。是的，虽然不过几年，免费无线网络几乎已成标配，但那时我们去的很多地方，好像只有在迪拜找到了免费的无线网络。土豪就是土豪！

很快，我们到了巴塞罗那。

只记得，路过市中心一个像凯旋门一样的建筑，我们就来到Gerlac妈妈家吃晚饭了。Gerlac妈妈家，竟然有一只十三岁的狗。我们也很快就跟它混熟了。它一定是寂寞的，因为我们要出门时它叫嚷着，不想让我们走，后来我们每次出门，也都是如此。

茉莉和我都喜欢极了Gerlac妈妈的家，虽然装修很久了，一座老房子，但是被打理得很干净，屋内家具非常精致典雅，过往的时光仿佛给它们镀上了金，无论是彩色的瓷砖还是色泽醇厚的木质桌椅碗柜，都让人心生欢喜。Gerlac妈妈热情地拿出家庭相册让我们看。小时候的Gerlac煞是可爱，如今我这个莫斯科留学认识的朋友已经把光头作为他的典型标志，并且长成了一个壮汉。Gerlac的妈妈真是优雅呀。六七十岁的年纪，气质非常好，而且因为受过很好的教育，知识渊博，问她任何一个问题基本上没有她不知道的，这点G却很头疼，儿子似乎总是对女强人型的妈妈心生敬畏。

我们和她愉快地交谈，Gerlac在忙碌着为我们准备晚餐。前餐，是一道美味的浓稠洋葱汤，味道棒极了，可惜茉莉不爱洋葱的味道，汤一上来她就惊呆了。茉莉其实非常挑食，小葱、洋葱、香菜、芹菜统统不吃，每次出国旅行，吃饭都是一次考验。一周挨过，总是迫不

及待地回国。正餐,更美味,有烤羊排,还有烤土豆,不过上面撒了香菜碎,呵呵,这个无福享受的家伙,估计肚子没填饱。不过,茉莉还是高兴得不行,我们渴望迅速地走近这座陌生的城市。

第二天一早,茉莉穿上了新买的小红皮鞋,高兴得像个春游的孩子。这座城市,真是魅惑多多。老城区的青石小巷,深情款款、热情奔放的西班牙舞曲,充满魔幻色彩的奇异建筑,以及特别特别多的涂鸦墙,都述说着这座城市的声色俱佳、唯美性感。难怪最新的消息是巴塞罗那面对每年近800万的游客要开始实行限制令了,西班牙人不想让他们生活的城市如同威尼斯一样变成一座大的主题公园。

但是,面对这样的城市,很少有人能完全免疫,来过的人会一次次想再来。在它的每个角落都弥漫着狂野的气息,人们在穿行,身体里不断上蹿下跳着一些小恶魔,想要在这样的城市里释放自己的冲动。怪不得，伍迪·艾伦的《午夜巴塞罗那》拍得热情似火，在这样充满魅惑力的城市，爱情的节奏变了，故事的结局不同了，最后都成一团乱麻了，理不清头绪，但热情满满，这就是巴塞罗那的气质。

身处巴塞罗那，我们总想要更多地接近它，生怕忽略了它的每一处美丽。然而，这样让我们累到歇菜。最后，我们不得不在一处流淌着低沉大提琴声的广场上小憩。脚力再好，也抵不过数不清的广场，逛不完的古老街道。

小憩片刻，我们继续游逛。

随处可见的街头艺人，到处可见的涂鸦作品，看过《午夜巴塞罗那》这部电影的话，你一定记得那面涂鸦墙。

在一座不知名的教堂前，我们拍了些照片，准备回Gerlac妈妈家吃午饭。回来的路上，茉莉翻着单反里的那些照片说，最喜欢那张她拍我的淡淡逆光的照片，说我有着永远灿烂的笑。我的脑海里，不断印记着的则是街边那些热情拥抱的浪漫的人，游走在安静街道里的小狗，以及可以直接饮用的自来水，孩子们在树影斑驳的晨光里追逐，这就是巴塞罗那迷人的模样。

Gerlac的妈妈真是太好了，她今天特意准备了几道中国菜，完全没有放洋葱和香菜的中国菜。她应该是看见了昨天茉莉尴尬的样子了，太善解人意了。茉莉感动得一塌糊涂，也很给面子，一下子吃掉了三碗饭。

下午，我们去了著名的高迪公园，一睹这处经典的建筑。高迪公园，也叫古埃尔公园。作为高迪最重要的作品之一，是来巴塞罗那绝对不能错过的。它于1984年被列入世界遗产名录，整个公园由石头、陶瓷和自然元素构成，宛如童话世界。不过，前卫的作品往往会被当时的社会所误解。从经济上说，古埃尔公园当时绝对是失败的，园内规划的私人住宅建筑用地的16块土地，仅售出了一块。据说原因是"巴塞罗那人不想天天翻山越岭，他们不是山羊"。

正因为如此，当时有一种批评认为，高迪充其量只是位雕塑家，谈不上是个建筑师，也有人说他根本就是"一半是天才，一半是疯子"。不过，时间是最公正的裁判，全世界的人们都渴慕来到他的作品面前，这就是对他最好的证明。我们在公园里兜兜转转，一直不停地走，希望看遍这里的每个角落。最后茉莉实在累得受不了了，当地新买的小红皮鞋磨破了她的脚，她索性脱了鞋光脚在公园走，最后在一处小摊花了10欧买了双人字拖才算拯救了她。

晚上，新朋友安德约我们在小巷里的一家餐馆吃饭。夜晚的街道里遍布各式浪漫的人，他们手挽手，三三两两走在碎石铺就的路面上，有人去赴约，有人在等待。我们到达目的地时，发现餐馆人满为患，根本没有位置，我们索性就坐在餐馆外等位。这儿的天也黑得特别晚，要差不多十点多才入夜，我们在长长的余晖中饿得两眼冒金星，等到九点多才吃上晚饭。

这家餐厅的饭是值得等待的，烤猪手外焦里嫩，其实多少有点中国的味道，真的是太好吃了，价格也不贵。如果你来巴塞罗那，记得问我要地址吧。

吃完饭，在回去的路上，我们接到Gerlac的电话，他说明天带我们去爬山。

我们问，什么山。

他说，一座山。

在巴萨近郊闲逛

热情奔放的巴塞罗那，在城里缓步游走已经是很享受很有乐趣了，一听Gerlac说要带我们去郊外，我们就高兴得不得了。

一早，我们就出发了。

开车还是挺远的，几乎横穿了整个城市来到郊外的山里。山腰有一座很著名的教堂，教堂里有黑马利亚，之所以说她"黑"，因为她是用黑色的木头雕刻而成的。有很多很多人在排队，就是为了去摸她一下。看看队伍移动缓慢，我们打消了进去的念头，准备去爬山。

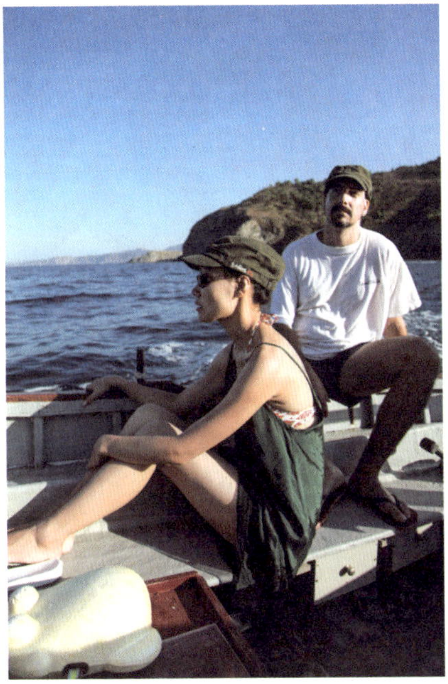

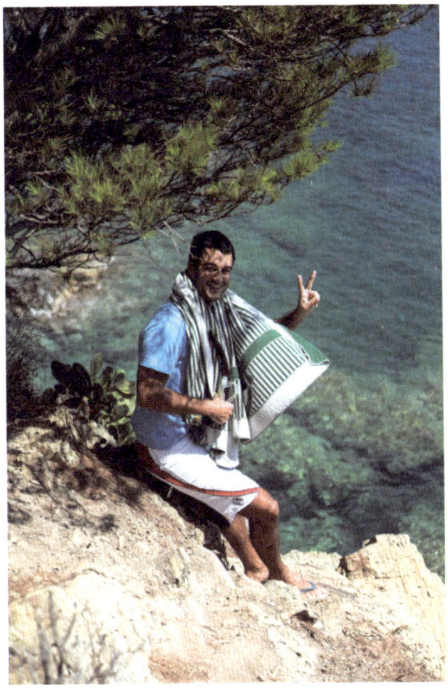

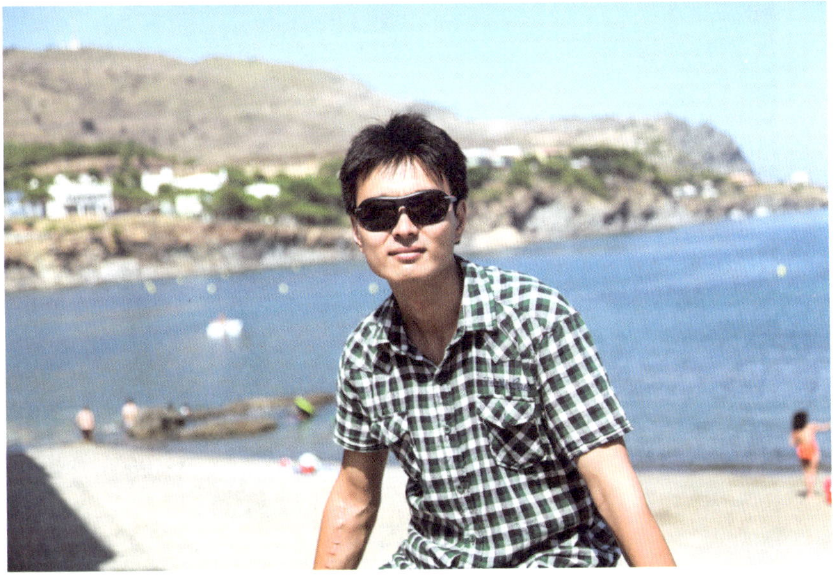

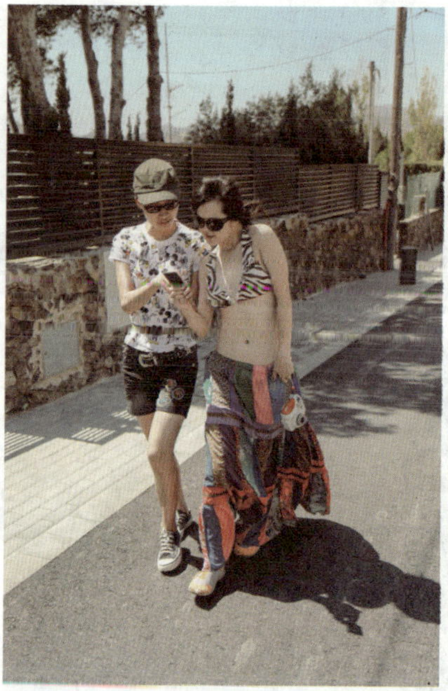

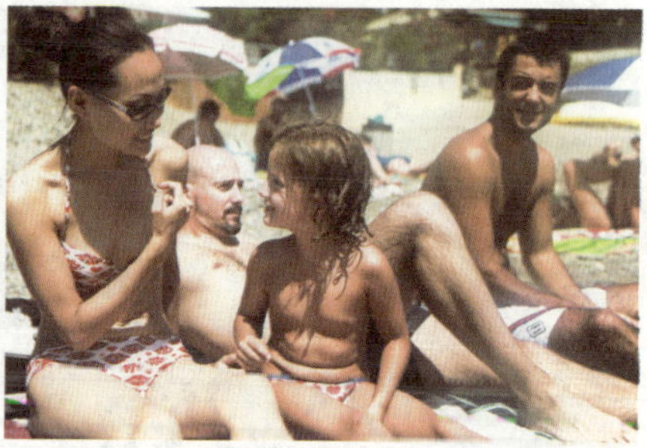

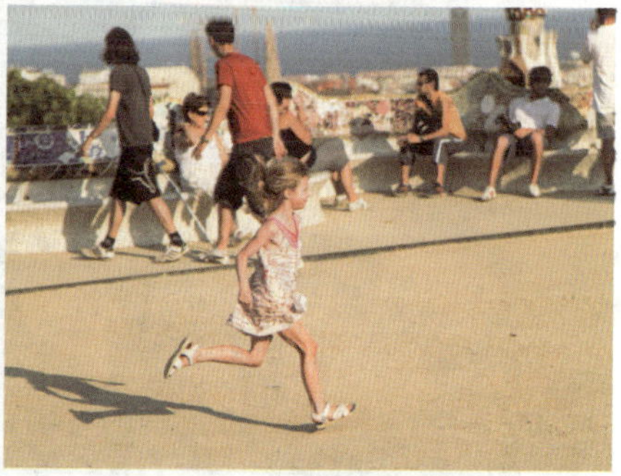

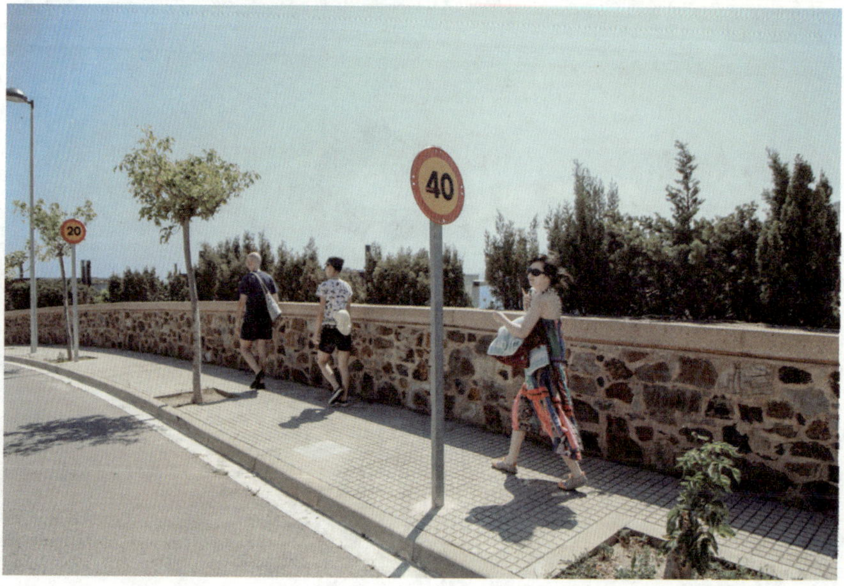
20
40

所谓爬山，就是爬山，没有其他。山其实也没什么，就是光秃秃的，有些小小的灌木生长在山坡山谷。一条羊肠小道蜿蜒崎岖地绕在山间，我们不停地走。因为在法国乡下，我们享受过美好的野餐，我们也希望找一处空旷的地方，望着静静的山色用餐，结果我们始终没有停下，觉得似乎还有更好的地方、更高的地方。到后来，我们直接翻过了整座山。眼看就到坐缆车的地方了，我们还没吃上这顿午餐。只好在饥肠辘辘中，将就着找了一块地方，躲在树阴下匆匆解决了。

不断地行走，不断地追求，让人想起张洁的《拣麦穗》。

也是，有些东西要学会放弃，有些东西却要懂得及时捡起。

下山的时候，我们真是精疲力尽了。爬山的过程不算成功，但记忆确是真实的，每一次旅行都有它独特的味道。这样的健行，仅仅是看看云从山脊后缓缓升起，也挺好。回到市内，茉莉和我还是挣扎着专门去了中国超市，和在法国一样，我们又带了几包火锅底料，让Gerlac和他妈妈品尝下中国顶级的美味。

为了怕Gerlac和他妈妈吃不消，茉莉还特地准备了两个锅，一个辣一点的，一个清淡的。就是这样还是把他们和安德都辣坏了，辣得都拿出了扇子，边吃边扇，也是一种欢乐的场面。

茉莉是豁出去了，不停不停地在吃，连日来吃西餐肯定是难为她了，估计肚子始终处在半饱之中。她悄悄告诉我，要把明后两天的饭都提前吃到肚子里去——我有点担心她的肚子了。

在巴塞罗那待了几天，Gerlac似乎有点厌烦这个五彩斑斓的大城市了，嚷嚷着要带我们去海边的白色小别墅。这也符合我们的心意，喧哗与宁静，我们都来者不拒。

驱车来到Corela，这里真是一个舒服惬意的度假小镇，坐在露台上听听海浪声便已觉人生处处美好。房间的门打开，就是面朝大海的阳台。茉莉一个劲地嚷嚷道，日子不要太美哦。

吃了Gerlac特意做的没放洋葱的比萨，我们就去海边玩。

Gerlac还是很有经验的，他拿出几双球鞋让我们换下人字拖。开始，我们都不很情愿，谁到海边不是穿人字拖、凉鞋呀，现在一身比基尼配一双破球鞋，想来就觉得效果滑稽。不过，很快我们就深知Gerlac的良苦用心了。我们是沿着他们家小别墅前的一条小道走到海边的，一路上全是岩石，因为并非游人如织的地方，都是平时村子里人走的路，路很窄很糙，穿人字拖的话，脚非受伤不可。

很快，我们就走到了一处无人的海边。

是海边，不是沙滩，人头攒动的沙滩，Gerlac是不屑于带我们去的。

Gerlac说，儿时这里的海里有很多珊瑚和鱼虫，如今少了很多。

是不是，在世界的每个角落，童年的世界都在消失。

我还没感伤完，茉莉就勇敢地下水了。

她一个旱鸭子，我在海中根本无力照顾她。茉莉不断地抱着我的脖子把我往水底压，差点都不能自救了。站在岸边的Gerlac看着我们两个挣扎，差点跳下来救我们。还好，拖着超能憋气的茉莉到了岸上后，她做了好久深呼吸才缓过神来。不过，她仍是喝了好几口超级咸的海水。喝了几口海水也就老实多了，虽然穿着美美的比基尼，茉莉也只好乖乖地左晃右晃，在一旁看我们耍了。

可是我没游多久就遭遇不测，小腿流着血上岸了，原来这里的水下很原始，我游着游着小腿就被锋利的海底岩石划破了。茉莉看着再没办法下水的我，高兴地咧开了嘴。

我俩就躺在岩石上晒晒太阳，欣赏美景吧。两只独木舟一忽儿滑进海湾，是父亲带着七八岁的小孩在玩耍，转了一圈，微笑着打了个招呼，绕去了别的海湾。第二天，茉莉的游泳梦还没有消失，忘记了昨天的惊险一幕，又下水了。她问Gerlac要了一个潜水镜，她学游泳是从埋头开始的，多年里她只要一抬头就会沉下去，她以为有了这么一个潜水镜会如鱼得水。

结果呢，比昨天还惨。

她，戴着个潜水镜，一高兴就游出去好远，却因为还没学会用嘴换气游着游着就不行了。还好，我在她旁边，看着她又要溺水的架势，慌忙连推带拽地将她带到最近的一个水上浮球那里。抱住浮球换气的茉莉，回头一看心开始慌了起来，这么远咋游回去啊。她把着浮球晃动双腿，不敢游回去了。有了昨天的前车之鉴，我也不敢贸然带她往回游了，就这样，可怜的茉莉用无助的眼神看着远处的Gerlac。Gerlac鼓励她自己游回去。茉莉是真的没胆子往回游了，她焦急地对着Gerlac喊，来救救我呀，Gerlac才过来。

Gerlac说，我们带你一起游回去。

茉莉说，你还是去取岸上的小青蛙吧。小青蛙是一个用泡沫塑料做的青蛙样的模型。昨天茉莉还一直嘲笑G的女友Nicole将小青蛙系在腰上游泳呢，这下自己要系了，而且生死都交托给了它，以后还是不要"不厚道"地嘲笑他人吧。

可怜的茉莉，眼巴巴地等着Gerlac取小青蛙回来，最后在我和Gerlac一人一边的拖拽中才回到岸上。

茉莉说，这样的经历，这一生应该只此一次了吧。

呵呵，谁知道呢，爱水却不会水，胆小却足够热情，西北女子就是这样爱游泳的。

土耳其

再也找不到这样的感觉

  一直期待这样的旅行，贪恋在路上的感觉。

  我和茉莉，又一次牵着手出发了。这一次的旅行目的地是土耳其，一个横跨欧亚两洲的国家。感谢"完美旅行网"提供给我们这次免费旅行的机会。

  每次旅行都会有新的感受，也会不断认识新朋友，而朋友往往会让我们的旅途更精彩。这一次同行的Redrei就绝对是个好伙伴，他和我一见如故，我们天南海北地聊，茉莉得了便宜，一副什么心都不用操的样子。

  近几年里，我和茉莉从我国的西藏，到法国、希腊、西班牙……走过那么多的地方，路

遇那么多的风景，却从未厌倦过。在城市的既定轨道里走一截，总是想要出去透透气，看看这个世界。不知谁说过，身体和灵魂，必须有一个在路上，是这个意思吧。有时，我会特别感念，这一世让我遇见了她，我们在旅途中相识，又不断地一次次踏上旅途。走着走着，她成了我的妻子，携手一起继续往前。

这真是一件值得感恩的事。

走进伊斯坦布尔

1923年10月29日，穆斯塔法·凯末尔·阿塔图尔克建立了土耳其共和国。

这个横跨了欧亚大陆的伊斯兰教国家，在历史上曾经是罗马帝国、拜占庭帝国、奥斯曼帝国的中心，拥有悠久的历史和前后十三个不同文明的历史遗产，加上三面环海的地势和内陆复杂的地理环境，使土耳其成为一个充满异域风情的绝美旅行地。

土耳其经过近代多年的耕耘发展，已经是一个现代化的旅游大国，有着成熟的旅游服务设施。这里的人们也热情好客，食物还具有浓郁的西域风味，非常适合国人的胃口。在土耳

其的海岸，遍布着古希腊、古罗马的文明遗迹，也不乏天主教、伊斯兰教留下的痕迹，文化与宗教的交融使这个国家充满独特与神秘，值得探访的地方也就非常多了。

不过，伊斯坦布尔才是最炫的存在。

九个多小时的飞机，茉莉小姐坐着商务舱，伸胳膊伸腿地舒展着，我则尽情享受着蜷缩的滋味。土耳其，这个神秘而陌生的国度，于我是混合了奥斯曼帝国、伟大的建国者凯末尔、一部惆怅地叫《远方》的电影，还有充满激情的足球队这些印象的混合体。我们第一站要到达的就是伊斯坦布尔，我素来对这个名字情有独钟，比起巴黎、威尼斯、圣彼得堡，甚至巴塞罗那，这个名字朗朗上口又余音绕梁。一个好名字可以改变一个人的命运，对一个城市，也是如此。

到达伊斯坦布尔时，是凌晨四点半，这是一天中它最宁静的时刻，仿佛除了机场，整座城市都处在深眠中。坐着酒店的车飞驶在空旷的街道——土耳其的司机显然继承了先祖的血性，驾车如策马奔腾，窗外的海湾，停满了夜泊的轮船，一艘艘从眼前掠过……

　　这座城市位于黑海和地中海之间，一边是亚洲，一边是欧洲，在地理位置上无疑是重要的港口城市。这就是我们要逗留三天的地方，看看它会给我们一个怎样的惊喜。

在酒店，我们和此行的300瓦大灯泡Redrei碰了头，这小子很体贴地提前租了个三人间，好让我们到了后能继续睡上一觉。此行所有的攻略都是这个在巴黎念书的小子搞定的，让我这个平时的管家彻底解放，在此深表感谢。我一直觉得精彩的旅行除了要结识当地的朋友，同时要有好的同伴。这个大灯泡虽然亮，同时又以细致的安排和法式风度带给我们旅行的温暖。

睡了一觉，起床收拾妥当，该上街溜溜了。

我们住的酒店位于老城区中心，靠近最著名的几个景点。第一站，我们选择去大巴扎。

这里的气候和北京差别不大，这座集合了欧亚特点的城市，让我们的亚洲神经有了一个舒缓的过度与适应。走在街上，呼吸一口当地空气，身心愉悦。

伊斯坦布尔交通还算便利，乘坐地面上的轻轨出行很拉风，平常轻轨不来的时候就是马路，汽车也可以穿行。轻轨票一张1.75里拉，里拉乘以5就是当时人民币的价格，不过，这是当年的票价了。车来了，坐了几站，我们就下车了，打算小小地步行一下，因为可以顺路参观伊斯坦布尔大学和巴耶塞特清真寺广场。

街上别有一番景致。小摊贩很多，没几步就是一个小摊，所卖都是些琐碎的小玩意儿，最重要的是摊主多是年轻的小伙子。看着他们会为他们惋惜，这么年轻大可以做些更能施展

拳脚的工作，这样的小东西一天卖多少才可以糊口养家呢？也许，国情不一样吧！

这儿的水果特别多，各种鲜艳的水果摆放整齐，这是西方人特有的秩序感，在这块亚欧交接的地方开始衔接。土耳其的石榴尤其大，有一天我心血来潮买了一杯现榨的石榴汁，好涩，没有想象中酸甜的味道。不过你要去的话还是建议尝尝看，不一样，有时候也是一种值得知道的味道。

整个城市的色彩，艳丽极了，我最喜欢它墙体上的绿色，这种很漂亮的绿色随处可见，融入了城市。

很快走到大巴扎，这里有许多入口，从门口美丽的彩色玻璃和壁画中，你就可以感受到它的历史气息。

大巴扎是个什么样的地方呢？在来之前，我想应该就是个大型的集市吧，如同新疆大大小小的巴扎一样。到了这里一看，果然如此，土耳其特色的地毯织物、瓷器、珠宝、服饰、古玩都一个个汇集在这里，它最大的特点是规模巨大。

东西都很漂亮，但是价格也一样"漂亮"，一块地毯动辄几万元人民币，不过因为工艺和花纹的独特与细致，总是能找到爱它的人。这里的瓷器很多，色彩浓艳绚丽，花纹做工也很精细。在看了一会儿土耳其的皮影后，我们来到了大巴扎的精品店前，卖珠宝钻石的比比皆是。还好，茉莉似乎并没有多少感觉，其实想来哪个女人不喜欢这些漂漂亮亮的东西呢，只不过茉莉是随性淡然的，得之我幸。和这样的女人逛街，是不是要偷笑呢？逛累了，我们在一个古老的水池边小憩。欧洲很多城市都有公共水池，人们在这里喝水，也拉拉家常，而远来的旅客可以洗去风尘。

我们计划在旅行的最后一天来这里购物，现在前往我们的下一站新皇宫。

新皇宫，是巴黎小子Redrei自创的说法吧，因为它正式的名字是Dolmabahce Palace，翻译过来是多玛巴切宫，实在比不上伊斯坦布尔那么悦耳动听。不过，新皇宫的说法是对的，因为这是为奥斯曼帝国苏丹建造的新家，1856年完工之后，苏丹阿布都麦吉德一世就从老皇宫搬过来住。

宫殿是迷人的，但对建筑与这段历史缺乏足够的了解，总是不能太真切地走近。跟着英文导游一路走下来，听着还是费劲，到后来就想快快离开这个大豪宅，到外头透透气。从凡尔赛宫到美泉宫，再到夏宫、冬宫，对我来说，皇帝的家不过就是无穷尽的房间，一盏盏的水晶吊灯，走廊里挂着数不完的油画，以及镶金的桌子、纯银的餐具、华贵的地毯。这里的主人换了一轮又一轮，枭雄君主都抵不过时光的涤荡，剩下的这些栋梁檐壁，再辉煌，透露的仍然是人的渺小与时光的无情。

还是到外头透透气吧，何况这新皇宫最奢侈的是它无敌的海景。这皇宫是沿着风光绮丽的博斯普鲁斯海峡而建，据说占了五分之二的峡湾海岸，确实是豪宅。

海边小憩，有风吹来，海鸥飞过，这才叫惬意。

逛完新皇宫，我们来到不远的一条步行街，名字忘了，据说是城里最热闹的一条街，像北京的王府井、成都的春熙路。我们坐在露天的小板凳上喝土耳其的红茶，茉莉突然作发怒状，她以为楼上有人往下泼水，结果一看是飞过的海鸥不偏不倚地在她头上拉了鸟屎，哈哈哈哈哈哈。听说这代表好运，茉莉强迫自己接受这样的理论，然后又傻乎乎乐呵呵地拉着我的手继续出发了。

走累了，坐在贯通黑海和地中海的海峡边，点一杯浓香四溢的咖啡，品味着两股海风的交错，享受自然简单的味道。还是在同一条街上，我们找到了一家在二楼的餐厅，来解决我们的晚餐。

用完餐，夜色正好，我们决定继续步行回酒店。

沿着高高的坡道往下走，两侧是各种别致的小店，不时有欢呼的年轻人从身边跑下去，或许是晚上天气有点暖和，这恰好的温度唤醒了我们在巴塞罗那夜晚的记忆。时光总是脚步

匆匆，我们回头看看，任何过往都显得好珍贵。无论是好是坏，回味时都带着心酸的快感。

我们从过去感受生活，同时从别人的生活中找自己的影子。

旅行，是一次又一次的冒险

在伊斯坦布尔的晨曦里醒来，我想起王家卫一部电影中有过的一段景象：

张国荣倚靠在破旧的火车车门边，下一个画面是缓缓掠过的热带丛林，连绵不断的芭蕉林，单调黏稠又浓郁纷繁，旁白说道：世界上有一种鸟是没有脚的，它只能一直地飞呀飞呀，飞得累了便在风中睡觉。这种鸟一辈子只可以下地一次，那一次就是它死的时候……

这幕情景里，能让人感受到旅行带来的兴奋，但也掩饰不住疲惫的气息。

这种气息，是我在驶往北极圈极夜的列车上闻到过的气息，从西伯利亚莽原上奔驰的火车车窗向外眺望，也可以闻到它。一个人的旅行是自由与孤独的舞蹈，两个人的旅行则是温暖的阳光照耀的璀璨世界。

我们，一对欢喜的恋人，一个孤独的青年，继续着土耳其的旅行。

两个人在一起才是最大的冒险，我跟Redrci阐述这个观点时，他含糊地认同了。这个一顿饭能吃三个人口粮的家伙，是我过去的影子，是我从不断奔驰到眷恋一处宅院的影子。

沿着清晨的街道，顺阶梯而下，只要走到海边，我们就能找到皇帝的宫殿。

先是经过一片北京胡同式的小巷，往下走，就看见海了。静谧的石头墙，到处绚烂的色彩，这个城市是迷人的。

海边的阳光奢侈地洒在海岸上。

阳光，也有贫富之分呢，城市里的光都被楼群吞噬了，而在这里，它泛滥欢腾在白色的海浪上。

浪花很给劲儿，远远地跑来冲到海堤上，我们躲着飞溅的浪花，沿着海岸走，午后时光里想起一部《骑马下海的人》的戏。在这样的异域之城，能无所事事地坐在海边看几章小说，念一篇诗，也是一件乐事。有个老头在海边摆了几张塑料凳子，凳子上放着几杯沏好的土耳其红茶，见我们经过，就吆喝我们过去喝茶看海。

这个海湾，虽然比不上希腊爱琴海，这里就是个大海的逗留处，远处行驶着巨大的货轮，没有什么特别的情调可言，但这也是自然的大海，有着一股真实闲散的味道。

找了家小餐馆饱餐一顿，可乐很好喝，清新爽口的蔬菜沙拉让人印象深刻，土耳其烤肉更是不可错过，喜欢这样的街边小餐馆，价格不太贵，还可以吃到很正宗的当地美味。

吃完，我们终于到了今天的目的地老皇宫。

第一天看完豪华的新皇宫，感觉风格还不错，就是太贵气有点生分，我跟茉莉小姐说再看一个装修风格不一样的"楼盘"，这个就是。其实我真的更喜欢这个旧的，到处都是浅蓝色花纹的瓷砖，一块块硕大光滑的石板地面，让人想起小时候的庭院。夏天的时候这座宫殿一定会非常凉快、干净、没有积灰的地毯，你可以光着脚漫步在宫殿里，感受夏天的温度。至于Redrei同学念念不忘的嫔妃们，我一直在想，在这么刚硬的宅院如何才能呵护这些娇弱的身躯。

这是个适合静心的地方。

下午的时候，这里的客人很多，Redrei同学四处逛，不想错过任何一个角落。我和茉莉多少有些懒散，兀自坐在宫殿的回廊下休息起来，借着黄昏金黄的暖阳小睡了片刻，后宫浅浅的一觉真的是特别安静，什么都没有，走过的路，看过的风景，人去楼空，想想一切都是浮云。

走吧，还是到院子里转转吧。

可爱的日本老太太们，从我们身边走过，你仿佛能想见她们年轻时候的样子，悄声私语，半遮半掩。如今行动有些迟钝了，更彬彬有礼，她们一切都经历过，看淡了。她们静静地、很有秩序地走过一个个嫔妃的房间，走过一座座雅致曼妙的庭院。

她们看到的世界一定与我不同。

大理 & 丽江

一切很美，我们一起向前

岁月是无情的

它让一切在它面前显得那么脆弱渺小

我们所有的爱恨，所有的渴望，所有的忧虑与欢愉

如此单薄脆弱

但是岁月也是有情的

它让我们去经历

美好的时光，隐忍的时光，哭泣的时光

终究都是我们幸运地生活着的时光

这一天终会到来

那些早早知道这点的人是有福的

那些还在路上奔波的人也将有福

只要我们怀抱一颗赤子之心

一颗不懈地追求爱的心

去爱，去做

像你我那么勇敢

无论是伤害了人，还是被人伤害

不要停下来

新的一年，新的一年又一年

我们终能找到答案

如同你说过的

不一定喧嚣在人群，但一定缠绵在你的内心

一切很美，我们一起向前

——三儿《给茉莉》

走，出发去大理

本来这次计划去国外的海边城市，订好宾馆和机票之后茉莉才想起来不方便游泳，于是又匆忙退订，改行云南。

事实上，我们的出行多半都是说走就走。

我们的旅行不会计划很久，也都没有做太充分的准备，旅行于我们而言始终是种冲动的兴致。许多时候，我们是想要出门就收拾收拾行李出发了。在不太委屈自己的情况下，我们每次都会考虑怎样找到省钱的方式去旅行，比如这次除了大理、丽江，我们还会去到其他一些地方，因为我们买了最便宜的特价机票但需要不断转机，索性就在转机的地方做一次短暂的旅行好了。

年轻，就是不怕折腾。

在飞机上遇见了报旅行团的一家人，每位才1700元，不贵吧，想想一个手机的钱就能来至少两回了。但在手机里，断然看不到这么美好的风景，好多事情真的是想到就去做吧。

"行千里者，阅世间情；行万里者，穷天下经。"翻译过来就是走在路上，好处多多。

昆明，我们只做短暂的逗留，也就几个小时，就要坐火车去大理了。所以，这短短几个小时的昆明之旅就安排在火车站附近吧。在深刻感受了昆明这座城市毫不吝啬的阳光后，我们找到做汽锅鸡很好的福照楼，吃了令人垂涎不已的鲜美的汽锅鸡和美味独特的火焰土豆，打了十分钟车到了骆驼咖啡餐吧，准备打发掉上火车前的时间，更重要的是在它不远处有个云平风味园，里面云南小吃真不少，还很地道。虽然才吃过午饭，但是小吃名声太大，抵不过诱惑，我抛下在咖啡馆继续写写弄弄的茉莉，自己出来了。来到小店门面前，发现店面真是不算大，但是东西很好吃，据说这是当地姑娘最爱来的地方。我点了一份腐乳米线、一份奶香十足的米哺，每一口都让人回味。

好吧，一个城市的风貌，我们的肚子算是心满意足地体会到了。

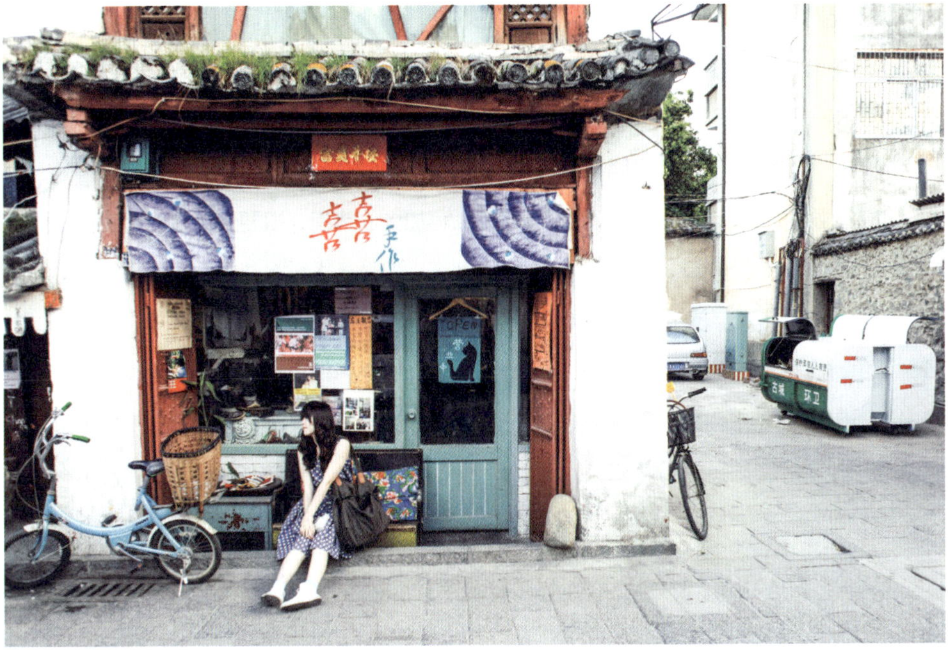
古城
环卫

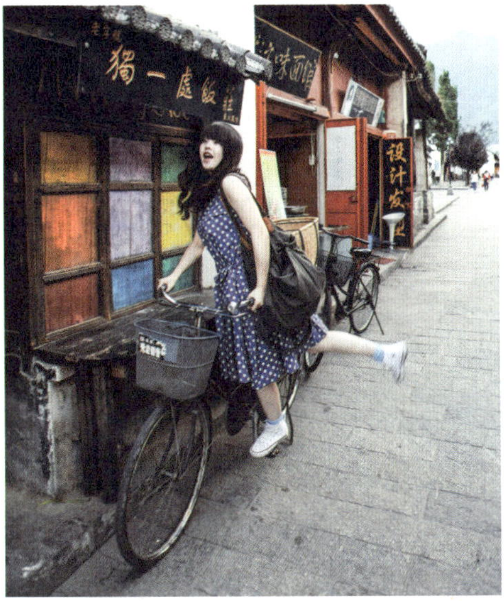
獨一處飯莊

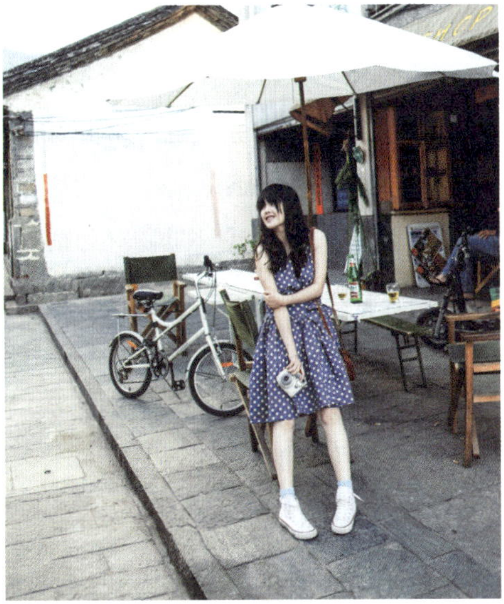

离开昆明去大理，这是这次旅行中最大的收获，只恨安排的时间太少了，因为太喜欢这里了。这里的人民路有我们快乐的时光，街道还是很民间的街道，比起洋人街的热闹，这里更生动平实，点缀其间的餐厅小吃或咖啡馆更是别有风味。

除了在大理人民路和古城里晃荡，我们抽了一上午的时间去苍山健行。可惜，因为时间紧没走完。山路需要二到四个小时，来回缆车，再加去的路程，得要大半天，而我们还要赶去丽江的火车，所以走了一个半小时就原路返回了。但是个人觉得苍山健行还是很值得尝试的。坐在索道上缓缓穿越林海，仿佛可以想见到萨尔茨堡山间的景色；而徒步的山道平路居多，景色时而开阔，时而树荫遮蔽，空气清新怡人。如果你很喜欢幽静的山路，喜欢静静地暴走，一定不要错过苍山健行。可以在自己住的旅馆问老板去买票，包括接送和缆车票，一共也就一百元左右。

这一天是我的生日，我和茉莉在一家酒吧点了几杯小酒，一边聊天一边看着到火车站的时间。没有蛋糕又如何？没有精心准备的礼物又如何？能和相爱之人在一起，在行走的路上过生日，一定是令人怀念的。

即使离开大理很久，也是会经常想起人民路上的好心情。岁月里的某一天，我想，我还会回到这个地方，吃古城里那特有的早餐——加了薄荷叶，清香酸甜的羊肉米线；住古城里极具小情调的旅馆，然后走一遍完整的苍山林间道。

大理风光好，但是我们的脚步不停歇。

下一站，是丽江。

丽江，充满回忆的时光

2005年的时候，我们就来过丽江，时隔六年，我们又到这里。

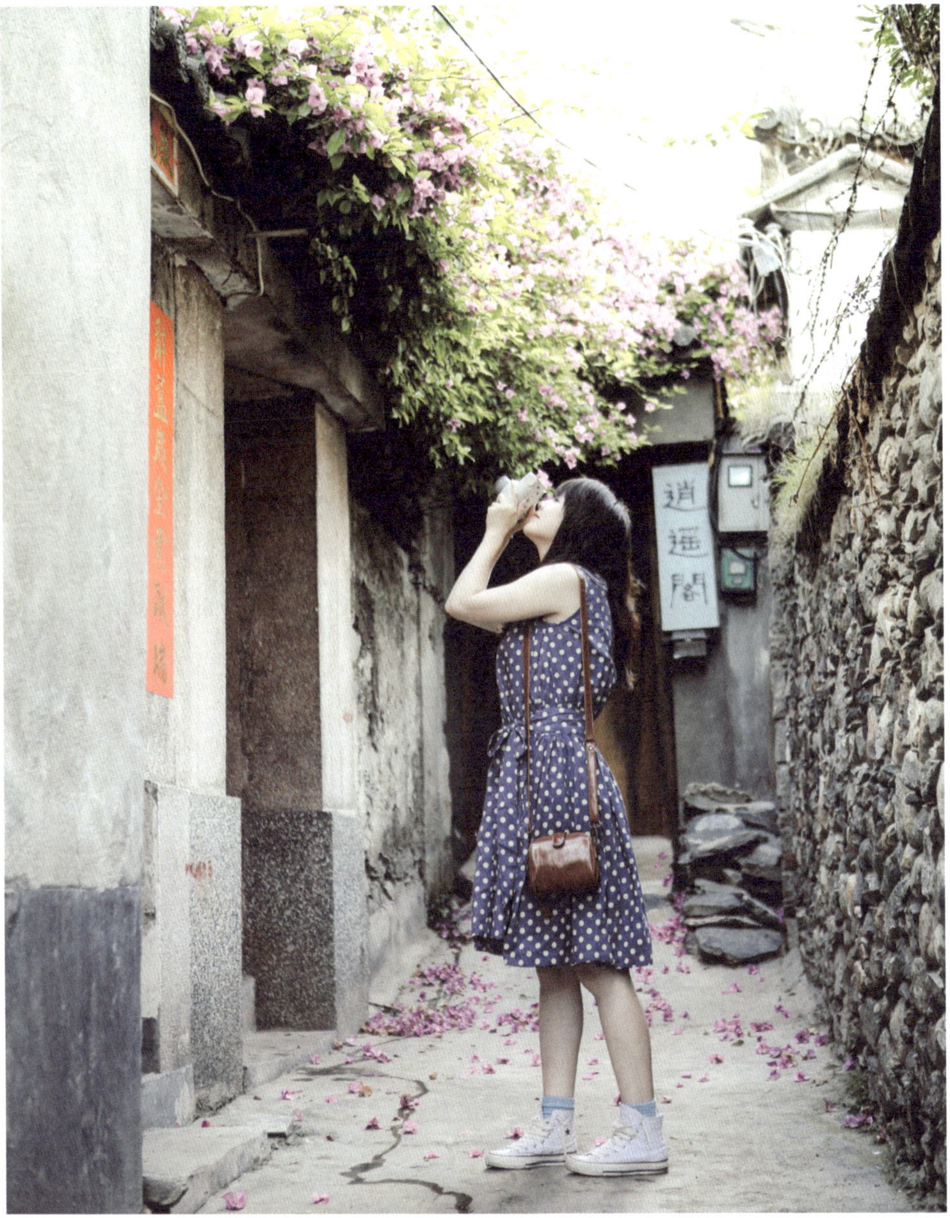
逍遥閣

在抵达丽江的时候，茉莉感慨万千，她说起那一年我们的丽江之行其实是分手旅行来着。我说，对于当时的情况我已经完全不记得了。

她说，我的脑子里有块橡皮擦，她要经常把和我之间的事跟我重温一遍又一遍。我笑笑回她：可能正因为如此，才每次见你如初恋！

后来看了她的碎碎念，才知道她真的以为是分手旅行。

那年我们约好去丽江，是因为他从丽江回成都之后就要去北京了。

而我当时心里一直告诉自己他到了北京我们就会慢慢疏远的，我们肯定没戏。

所以那一次我真的是把丽江当作我们的分手旅行的，

我甚至在那几天里心心念念着另外一个人。

不过那些天还是非常开心的，

我们骑马去玉龙雪山，我们去听纳西古乐，我们在最高的地方鸟瞰古城。

后来的事谁也没料到谁也没期盼，然后我们竟然就在一起走了这么久。

——《茉莉碎碎念》

在丽江的火车站，高原的感觉更深浓，天空是那种很澄清的晴朗。我们打车到了大研古镇，可惜大研太闹腾，我们就前往清静些的束河了。

在束河，本来想小奢侈一把，订了能看到雪山古城的全景房。然而进去一看就失望了，哪里是观雪山景的绝佳处，就看到一个屋顶和上面的太阳能暖气片了，于是协商着退了房。所幸认识好多天南海北的朋友，在一个朋友的推荐下，我们住进了一家名叫"姑娘走过的地方"的客栈。

这家客栈和名字一样美，老板人很好，老板娘漂亮有故事——她的原话：故事不多，事故不少。这里比较偏，喜欢清静的可以考虑来这里小住。我很喜欢这个安静的地方，一夜无梦，姑娘走过的地方，爷们儿睡得很踏实。

束河清静自然，有点散养的意味，比起大研古城的商业味，我真的更喜欢这里，这里的时间要走得稍稍慢一点。

后来，我们在古城闲逛时，遇见了一家山居岁月的客栈。像邂逅艳遇一般，我们非常喜欢，回到"姑娘走过的地方"办理了退房。山居岁月客栈的主人的故事很典型，偶然来到束河，在这里突然领悟生活完全可以是另一种方式……辞职搬家开店，就诞生了这家客栈。我看到院子里鲜花盛开，三角梅爬上了高高的屋檐。

精致的小屋装的是自己的新希望，这希望在花与阳光里滋长，枝繁叶茂，然后逐渐繁杂，有一天，主人可能会离开，故事却就此留下。

有人说，丽江是一剂药，可治都市里受的伤。

这里，隐匿着步履轻盈的时光，让人安静下来，让人来了就不想走。悠闲的午后，或慢慢走在大石桥上，或途经纵横的小溪流，停下来，可以看见青色的水草，还可以看见几尾小鱼浮游下来……

只是，这一切走得太匆匆。丽江的盛名让这里迅速地商业化。人来不是坏事，商业化更值得认真对待，但是当所有的本地特色都变成千篇一律的店铺，丽江的魂就会失散。

所以，我怀念曾经的丽江城。

找家最舒服的客栈，住个能晒到太阳的房间，要有纳西小院的那种，每天早晨等太阳从窗格里透进来时，你再懒散地开始一天的时光。去海子书屋、去青鸟咖啡，或者去看纳西姑娘唱歌，在客栈的天井里聊天，直到星空落到头顶……

怎么慢怎么来，反正时间多的是。

或者，就腻在床上到中午，然后去逛逛那些还不算爆棚的酒吧或清雅的咖啡小店——一米阳光、小巴黎、樱花屋、纳西人家、布拉格咖啡馆、自由公社、左岸咖啡吧、摩梭吧、木屋故事……当音乐远远地传来，不必喧哗，但轻柔入心。

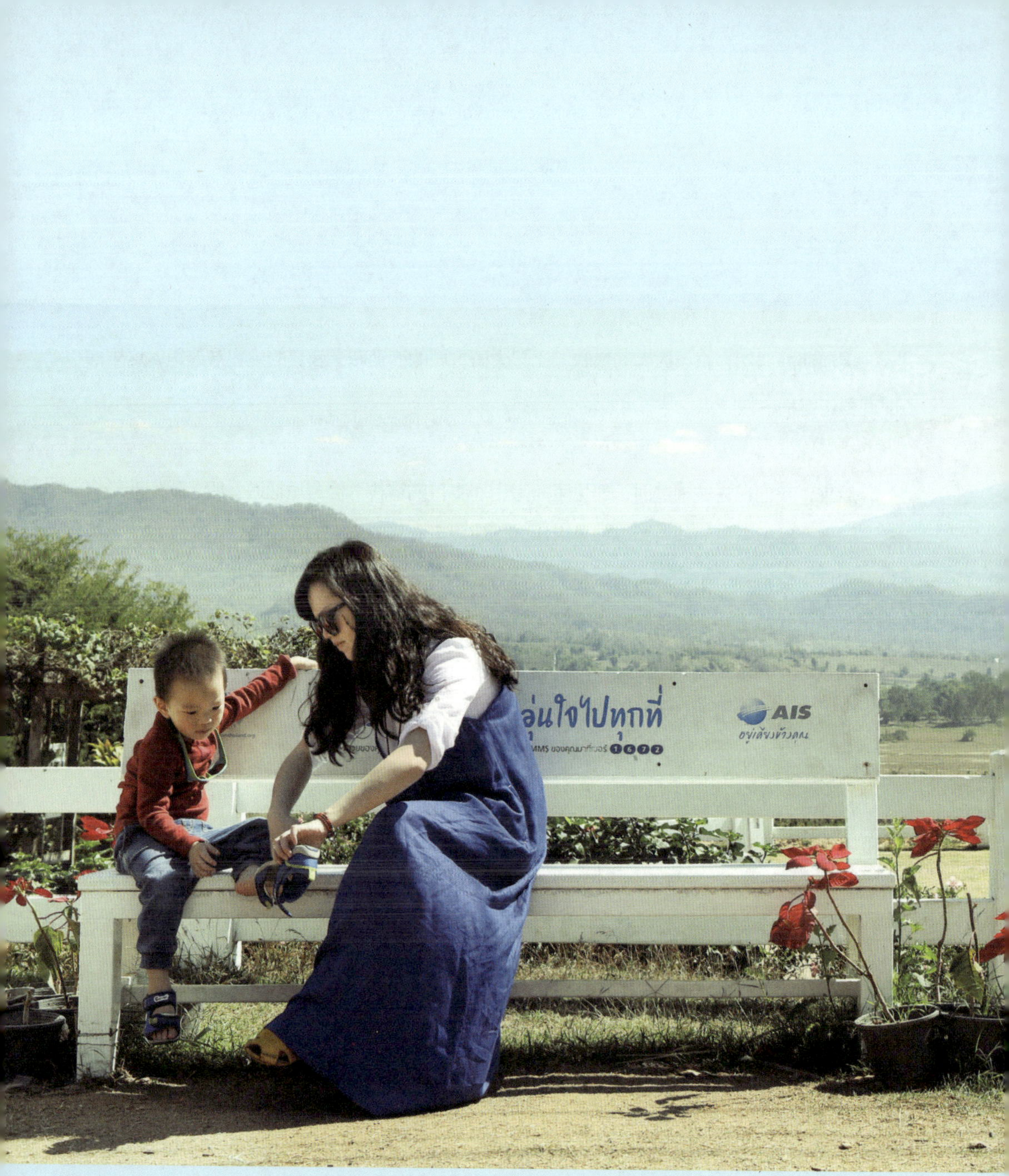
AIS

CHAPTER 3

岁月静好

旅行，是从时光机里偷幸福

岁月静好，趁时光未老。

继续做梦，继续相爱，继续行走在旅行中寻找美好，

感受美好，发现美好，

一路，就收获好多爱……

保加利亚

奇迹发生的国家

很多人经历着循规蹈矩的生活，但并不能说明我们没有梦想；很多人梦想挣脱囚禁灵魂的身躯，但自由总是独自飞翔；生活似乎总是在彼岸与我们捉迷藏。

我们究竟能否躲开汹涌的现实浪潮，落在平静之岛，微笑呼吸，劳作歌唱？

有怀疑，但也要相信，这样的生活一定在某个地方，某一天，它或许像这样，突然落在我们面前。

七月初，有朋友在微博上给我们留言，说有一个活动特别适合我们。带着好奇心，我们点开网页，看到是莫斯利安策划的"180天莫式生活全球之旅"的选拔活动。活动如此诱人：180天的全球旅行，月薪2万，途中费用全免。我们淘宝店里的顾客觉得这样的活动最适合一直走在路上的我们。我们抱着试试的态度，认真地准备了充足的材料，并且发动了身边

的朋友们为我们投票。凡事认真努力过就真的会有好的收获,最后我们居然从几万人中晋级,成了最后胜出的家庭组。

于是,如同一个奇迹,我和茉莉以及我们刚刚15个月大的臭小子,有了一次免费的全球旅行!

生活,真是处处充满新意,随意处都有好时光。

就像茉莉说的,人生际遇妙不可言,带着激动和感恩之心,我们开启了我们小家庭的全球之旅。

感受世界另一头的原味生活

在美丽的夕阳余晖中,我们开启了带娃三人行的第一站旅程。目的地,是保加利亚,我们要去到保加利亚寻找最长寿的美丽山村——莫斯利安。

带着个15个月大的宝宝出游,即便对于我们两个时常旅行的人而言,也绝对是个充满挑战的事儿。首先,他一个人的行李并不比大人的少,甚至还多;其次,他需要我们时时刻刻照顾。茉莉说,他就是一个小少爷,带着两个大奴隶出游。

还好,嘉嘉是个听话好带的孩子,长途的飞行里,玩儿,吃呀,睡呀,都并没有给我们的旅行带来困扰。

飞机从慕尼黑转机,飞往保加利亚的首都索非亚。

下了飞机，就有惊喜。几个帅哥美女纷纷将捧着的红玫瑰送给我们，连小嘉嘉也收到了一朵。保加利亚这个国度，最著名的就是它的玫瑰花了，用玫瑰花做的精油产量更是世界第一。

索非亚天气好极了，蓝天白云，还有带着花香的空气，我们匆忙吃了一顿午餐，恋恋不舍地去往几百公里远的一个酒庄。途中，有个不小的惊喜，那是一个叫普罗夫迪夫的地方，有着古老韵味的一座城市，也是保加利亚第二大城市。因为时间的问题，我们只去到它的老城区。尽管时间匆忙，我们还是被这座幽静漂亮的小城迷住了。清澈的蓝天，天气稍稍有点热，但并不会出汗，这样安静舒适的城，是最适合闲逛的，哪怕走马观花地看它一眼，也很值得。

小城面貌雅致。据说，这里的房子也可以买卖，但是购买者必须按照原样保护和修葺，如此保护，一年又一年，使得这座城市依然保持它原始的古朴之味。

古城区的街道上，行人极少，空气清新得让人感觉到柳芽新绿正在萌发，没有车水马龙的喧哗，偶尔有一只小狗会横穿过窄窄的石板小路，瞬间消失在院墙后。安静地走在树影斑驳的街道上，无人的古董店虚掩着店门，咖啡馆里飘出espresso的香味，一只塞满旧书的小店，少女蹲在地上翻几页浪漫主义时期的小说。在这样的小城里漫步，你的脚步自然变得缓慢，停下来看一看，哦，原来，这一切就是它本来的面目。

这里的小教堂很多，悄悄进到里面，摇曳的烛光让人心灵安静下来。

茉莉说，有这样的地方真是一座城市的幸运。

古城里，有很多台阶，地面多是古老粗糙的石块铺出来的，小推车无法使用，我们只好两人抱着嘉嘉逛，不过小家伙很喜欢自己走，蹦蹦跳跳地跟在我们两个屁股后面追，欢乐得不得了。小孩子的眼睛纯净得让人欣喜，看见有水的小池塘会停下来，小池塘边有几只懒洋洋晒太阳的小乌龟，嘉嘉目不转睛地看着不舍得离开，一忽儿又挥着胳膊要赶它们下水。

在古城的街道上兜了一圈，往上走，就看到了一个古老的圆形剧场。据说，这个剧场已有1500多年的历史了。这个有着3500个大理石座位的剧场，在1000多年前，曾容纳过城里的达官贵人；也曾有一群群文艺青年围坐在一起，看舞台上静静上演着的古希腊悲剧。

在这里，我们一家留下了难得的一张合影。因为照顾嘉嘉，这次出行我们几乎没什么时间用相机来记录。好在所有路过的风景即便没有照片记录，也都已被留存在心底。

剧场边很贴心地设置了咖啡座，在一旁的长椅上，我和茉莉坐了下来，小嘉嘉依然精力旺盛，在我们面前不断跑来跑去，嘴里发出不知所云的咯咯声。带着小宝宝出门旅行，真是辛苦的事儿，不过这一刻，所有的辛苦都只剩这美好定格的画面了。

茉莉指着这剧场说，一座城市总要有一个约会佳处才好。傍晚的时候，牵着恋人的小手走在坎坷不平的古城街巷里，来到古老的剧场边邂逅一下夕阳的余晖，然后说些甜言蜜语，这样的地方怎能不让人留恋欢喜呢？

在剧场边休息完，我们穿越了普罗夫迪夫的一条步行街。步行街两侧主要还是古典建筑，下午的天气稍稍有点热，但是街上的行人已经不少了，多数都是本地人，游客没那么多。街道很干净，人们也很友好，有一个哥们儿突然对我说"空你急哇"，我笑了笑说了声"你好"。街边有一位卖工艺品的老太太，她沉默地坐在那里，琳琅满目的货架上摆着一件件小工艺品。悠闲地遛着狗的情侣，吃着冰激凌，小日子过得浪漫。喝咖啡、喝啤酒的人们还没有出来，当夜幕降临，或许这里又会是另一番景象。街边一棵身姿奇特的树下，一对情侣拥吻着，这个画面仿佛每一天都会在这里发生。

走着走着，街边又出现了一个小剧场。不过，这个剧场怎么看都像斗兽场，然而无论是真实的生死演出，还是演绎的戏剧表演，现在的保加利亚人都选择在这里美美地谈情说爱。

在欧洲的古城里或者广场上，可饮水的泉眼很多，这真是非常贴心的设施，走累了，喝口清洌的泉水，歇一歇，多好！嘉嘉好奇，我忍不住抱着他喝了人生中的第一口生水。

在落日余晖中，我们结束了在这个小城的短暂停留。

欢乐有之，感慨有之，生活最静好的状态，不就是在这样安静的角落可以无所事事吗？只是我们习惯了喧哗与骚动，在动荡的神经上不断加码，要更好要更快，已经不会注意到最简单最真实的需要。嗯，走过普罗夫迪夫，或许我们可以想一想，简单一点，慢一点，也挺好。

下一站，我们将前往一个乡下的酒庄品尝保加利亚著名的葡萄酒，并且将在那里度过我们在保加利亚的第一个夜晚。继续出发！

Todoroff酒庄，歌声、美酒、舞蹈，驻足的时光

保加利亚，是个以酸奶、玫瑰花和葡萄酒为傲的国度。

离开普罗夫迪夫，驱车前往酒庄时路上的风景让人迷醉，一望无垠下的风景空旷美丽，空气中充满宁静，天高云淡下尽是绿地或向日葵，目之所及都是漂亮的画面。很快，我们来到了一个叫Todoroff（托德洛夫）的酒庄。

想起多年前的片段记忆。也是去酒庄，也在黄昏时光，客人很多，葡萄酒一道道地上来，红的白的、新酿的、有点历史的，伴着沙拉烤肉之类，渐渐地就喝多了，无论怎么想都不记得是在法国还是在意大利了。有些时光与记忆像松脆的饼干，最后就剩下一点点碎屑。

初入酒庄，迎接我们的是一场庄主精心安排的歌舞。姑娘和小伙子穿着民族服装载歌载

舞，一旁则是仪态端庄的老爷爷老奶奶伴奏伴唱，歌声悠扬，笛声清亮。我们一边喝着主人打开的白葡萄酒，一边晃晃悠悠起来。

　　Todoroff酒庄的白葡萄酒，虽然很温和，但傍晚的空气透着清香，姑娘们的舞姿又实在是美妙，醉意渐渐就浓了起来。

　　小酌之后，我们被带到餐厅，门口两个漂亮的身着民族服装的姑娘给了我们一份特别的礼物——面包。面包，保加利亚人视为神圣的食品，婴儿降生，男婚女嫁，过生日，亲朋好友和邻居都要送面包来表示祝贺。特别是乡间，除节庆外，人们吃面包时是一定不能说笑的，他们认为这样不严肃，所以就连乡间的小牧童吃面包时，也一定要先洗手。在这里，要是受到别人恩惠，人们往往会说"我吃过谁谁的面包"。据说保加利亚有个谢罪节，如果一个人做了对不起别人的事,可以在这一天带上面包去登门谢罪。

掰下一块面包,蘸一下旁边的蜜,味道香甜,还没怎么吃过甜食的小嘉嘉咬了一口,就开心得手舞足蹈。

盛情接待过后,就是歌舞时间了。能歌善舞的保加利亚人跳起了他们的民族舞蹈,这样的场景会让我们想起咱们国家的少数民族男女对歌的画面,很有一份亲切感。音乐的节拍非常快,他们的舞蹈步伐也会跟着节拍快速踢踏,同时会配合着各种手与手臂的动作,优美极了。同行的女人男人们也是跃跃欲试,可惜无法跟对节拍,跳成不同的笑话。小嘉嘉在这欢快的节奏里也忍不住手舞足蹈起来,后来索性从推车里下来,几次想加入他们的舞蹈行列,拉也拉不住。

酒庄主人为我们准备了丰盛的晚餐,也是我们的第一顿保加利亚餐。第一道菜是蔬菜拼盘,由西红柿、黄瓜、生菜、青椒、橄榄等组合而成,浇上素油,撒上奶酪丝,以及其他不知名的调料,吃的时候可以蘸着自酿酱吃,很有东北大拌菜的意味。接下来是烤肉,告种传闻中的烤肉。可惜莉莉没口福,因为嘉嘉有点累了,她带着嘉嘉先上楼休息了。后面还有烤鱼和鸡汤,茉莉同学的心更多地在孩子身上,这就是她渐渐的不同,也是每一个妈妈的伟大之处。

我享福了。来这个国度,白葡萄酒真的不能错过。

在喝了不知道多少杯白葡萄酒后,我摇摇晃晃地到了楼上,嘉嘉早已进入梦乡。长途飞行后,又到处玩了一天,嘉嘉累得洗完澡很快就睡着了。异国他乡,陌生的环境和陌生的床,没有带给嘉嘉任何不适,看来将来也是一个爱奔波的人啊。

一夜无梦,嘉嘉也难得睡了个整夜觉。

晨醒,竟然没有宿醉的头痛,而是难得的神清气爽。打开阳台的门,扑面而来是带着草香的空气,一片广阔的平原延展到远处的山脚,太阳地平线上缓缓升起,阳光明媚,眼睛有点睁不开，一瞬间就想这样懒懒地坐在阳台上，晒晒太阳，什么地方都不去了。

不过，在这里有两处不得不去看的美景。

Assen（阿森）古堡和Bachkovo Monastery（巴奇科沃修道院）。Assen古堡并不是很大，但建在地势险峻的山腰上，还是很有气势的样子。古堡的最高处，一位美丽的保加利亚少女的身影替代了征战的士兵，行走在城垣间。石头垒砌的城堡现在只剩下残垣断壁，在古堡周围布置了不少仿制武器，从瞭望口望出去，广阔的平原一览无余，想必在烽火连天的岁月，这里一定少不了惨烈的战役与英雄的振臂呐喊。时间才是最厉害的攻城者，悄无声息地，曾经伟岸的身躯或坚固的高台，在时间的涤荡中都成为风里的传奇。

白云飞过峭壁上的小花，若干年间它们就这样彼此往来互相凝望，却从不打声招呼。古堡背后是连绵的山峦，这里果真是一个地势险要的关口。飘扬的国旗，高高竖立在古堡之巅，每一面国旗都包含着太多的生离死别与英雄故事。

在古堡的一侧，还有着一座小巧的教堂，战争的壁垒与忏悔的灵堂奇特地共处在这山腰之上。教堂里面的壁画都残破了，但保加利亚人就让它们保留着原始的模样，没有修复的意思，因为不能拍照，大家只能想象一下它们斑驳的美丽了。教堂身材别致，用材却很古朴，静静地站在悬崖之上，天空中的燕子纷纷围绕在它的穹顶，这里是它们的家园。

离开Assen古堡，我们又绕去了Bachkovo Monastery。

这是一座非常古老的修道院，据说历经破坏，最初的建筑只剩下一座骨堂了。骨堂下层是坟墓，上面是小教堂，里面有12至14世纪的壁画，后来经过重建并扩大。修道院内不让拍照，但又规定你可以拍人，也就是如果有人在画面里，你仍然可以拍。所以每当我对着茉莉摁下快门的时候，我感觉那个游走在院子里的中年大叔就会在背后判断我的角度是否得当，外国人，尤其是东欧人，有时候的逻辑真的是我们所不能理解的。

我们带着嘉嘉围着里面的教堂转了一圈，嘉嘉不懂得保加利亚人对修道院的敬畏，对中世纪的绘画也没有兴趣，看见院子里饲养的几只羊和鸡，激动地跑了过去。

小羊躲在草垛下，嘉嘉一个劲地要挣脱我，想要爬进去，孩子对动物总是很感兴趣，小猫小狗小羊，甚至一只小虫子，他们都会充满好奇心。这样的好奇心到了我们身上，怎么就渐渐没有了呢？

看完小羊，小嘉嘉又被院子里跑着的小鸡吸引了。

抱着一个对世界充满好奇的孩子，任何一个地方都可以成为充满趣味的乐园。

嘉嘉又开始玩起水来——在修道院门口。保加利亚真是个泉水很多的国家，在很多地方，我们都能看到这样的饮水处。泉水清冽甘甜，小嘉嘉喝得甚是兴奋。

在保加利亚这个国度旅行，有一点很特别，那就是去的景点一般人不是很多，比起国内景点的人山人海，这里多了一份怡然自得的幽静，几乎每个地方，我们都可以带着孩子下来走走，安静地散散步。

如此这样，旅行最惬意。

莫斯利安，美好的所在

第一次听到它的名字Momchilovtsi（莫斯利安），便心驰神往了。

这个带着浓浓斯拉夫语的地名，所代表的绝对是一处世外桃源的所在：位于保加利亚南部罗德比山脉东南坡的谷地里，小阿尔达河与白河绕村而过。是一处隐秘在山野森林中

的神奇小村庄，距离美景无数的希腊仅60多公里。这儿最知名的神奇光环，就是它被誉为世界五大长寿村之一。

在品尝完乡下酒庄令人垂涎不已的美酒之后，我们要到这里品尝它著名的酸奶。

一路上，都是弯弯曲曲的山间小道，两旁则是连绵起伏的山峦，路边会偶遇谷底的山泉河流。嘉嘉累了，一上车就呼呼大睡起来，我和茉莉也开始小眯一会儿养精蓄锐。

我们是被嘹亮的羊皮笛唤醒的。在村庄的广场上，笛声飘扬，美丽的保加利亚少女身着传统的民族服饰，微笑着迎接我们。

这个绿野仙境中的偏远小村庄，不大，却有股神秘的力量，让远道而来的我们突然就安静下来了。歌声里，少女们的微笑是真诚的，这笑容混着明媚的阳光让心跳得更快了，却也安静了，广场上是一片欢乐。

在一处房子外的街道上，几个村民在喝茶聊天，小嘉嘉找到了自己的小伙伴，大人们很友好地给嘉嘉小点心吃。很快，小嘉嘉就跟保加利亚的小朋友熟络起来，他们开始热切地"交谈"，对于一个一岁多的孩子，他的语言就是世界的语言。我常常想，小嘉嘉这么小的年纪，今天所经历的事、所见到的人恐怕都不会记得吧，但童年的岁月就是由这些闪闪发光的模糊记忆组成的，忘记了也不代表所经历的没有意义。

我们原是要去用晚餐的，但是时间稍早，傍晚的阳光美得不像话，于是村长建议我们到山里的农庄去参观下。这真是个很棒的建议。一路走来，风景旖旎无限，站在这山谷之巅，你就想伸开双臂去拥抱这个世界，而身后那些零零碎碎的各种小纠结似乎都可以被忘却。伟大的大自然可以温柔地安抚我们都市人局促烦躁的内心。

站在山头，远眺山谷，一瞬间，也明了莫斯利安人长寿的秘密。除了健康的饮食和纯净的空气，最重要的应是他们皆有一颗与世无争的心，连绵的山脉像一道道过滤网，欲望到这里只剩下最真实的部分，砍柴、耕作、牧羊、恋爱，这些组成淡淡的原味的生活。

在漂亮的农场里，我们喝到了莫斯利安最纯正的酸奶，那全都是饲养在这农场的牛羊产下的奶做成的。制作传统，口感浓稠，配上自酿的蜂蜜或者果酱，酸酸甜甜，连小嘉嘉都像上瘾了似的，一喝再喝。喝完酸奶，小嘉嘉就迫不及待地看牛去了，好多牛啊，小嘉嘉虽然没有手舞足蹈，但是看他目不转睛的样子，就知道他的内心有多么新奇和开心了。

我亲爱的小嘉嘉，以后我们会经常带你来这样的大自然，看大树、小草、野花和牛羊。

村口给我们吹羊皮风笛的老爷爷也陪着来到了农庄，小嘉嘉看着爷爷大把的胡子好奇得不行，爷爷也很喜欢嘉嘉。后来我们听说，这个老爷爷跟别人说他有个愿望，就是可以参加小嘉嘉长大后的婚礼。哈哈，在长寿村这并非不可能，这个帅帅的爷爷现在八十多岁，再等

二十多年嘉嘉结婚也就一百多岁，在长寿村一百多岁的老人比比皆是。好吧，到时候就让嘉嘉把蜜月旅行安排在莫斯利安，来跟老爷爷相聚吧！

　　暮色降临，我们要跟热情招待我们的农庄朋友说再见了。踏着夜色，我们来到一个充满欢歌笑语的木制小酒馆，村里的姑娘小伙已经在喝酒唱歌跳舞了，不大的小酒馆里挤满了人，热闹极了。我们再一次见识了保加利亚人的热情，姑娘小伙一次次给我们表演他们的节目，到后来我们又拉起手来，围成了一个国际大家庭。歌声和舞蹈、微笑和红酒让我们没有了隔阂与距离。直到夜里一点多，大家才在歌声中意犹未尽地散去，可怜的小嘉嘉只能辛苦地在小推车里听着歌声进入梦乡。

　　当清晨的阳光透过窗帘布满房间时，山谷中的鸟叫声唤醒了我们。打开窗，清晨的莫斯利安如画的风景伴随着微风铺展在眼前，云朵悄悄换着容颜，云雀欢唱，还可以看到鲜花在各家阳台盛放。转身，看见餐桌上摆着精心准备的早餐，有面包、酸奶、水果茶……美好的一天从这开始。

　　这就是生活该有的模样。

洗漱一下，我们就到村口喝咖啡去了。带着小嘉嘉踱步到村口的广场咖啡馆，村里的马路很宽广，但是车辆不多，早晨的空气很清新，小嘉嘉很兴奋地在前面跑。

咖啡馆，似乎不分时段，总是聚着很多人，大多是上了年纪的老人，随便一问都在八九十岁，上百岁的也有呢，果然是世界闻名的长寿村。喝了咖啡，吃了午餐，我们路遇一处草地。草地上，莫斯利安的村民在做各种手工：用干花编织的挂毯，用羊毛搓出的花朵，还有老奶奶正在绣鞋子，原来这些都是给我们准备的礼物。茉莉加入了手工的行列，她准备亲自编织一块花毯，送给她的心上人。

为了不让嘉嘉捣乱，我抱着嘉嘉坐到秋千上，荡着荡着，小家伙就在阳光下睡着了。

美好的时光，总是匆匆流逝，在草地上休息游玩了一下午，我们就要出发回索非亚了。古老的村子，美丽的景色，热情的村民，都让我们恋恋不舍。旅行就是这样，再长久的驻足，也总有离开的时候。

如同那个老爷爷所说，或许某一天我们还会再来这里，说说分别后所经历的不同人生。

大特，慢生活

大特尔诺沃位于保加利亚中北部，是保加利亚的旧都。12世纪末，保加利亚贵族阿森兄弟在特尔诺沃组织武装，脱离拜占庭帝国统治，创建新王国，定都于此。大特地势险要，规模宏大，在中世纪有过辉煌的历史。当时，它是巴尔干半岛的第二大城市，仅次于君士坦丁堡。古城坐落在查雷维茨山和特拉佩济察山上，扬特拉河蜿蜒其间。查雷维茨山上的皇宫，建筑宏伟，有厚墙和塔楼防守，宫室鳞次栉比，而宫墙外，城市浸沐在山谷升腾的云雾中。

大特是个值得你慢慢停留、细细品味的地方。

虽然鼎鼎有名，去大特却纯属偶然，因为我们的索非亚导游安娜是这里人，与她多聊了几句，最后旅程就改变了方向。

因为遇上一个人，或者听说一段传闻，或者干脆是一张照片，我们的旅行往往就开始不同。

某一天的早晨，我带着嘉嘉在空无一人的小巷里散步。一只小猫来了又走了，嘉嘉看着它掉转头消失在院墙后面，就朝我不停地伸手，要我抱着去追。可是，它要消失，你又怎能追得回来呢？

旅行和人生到处都是这样的情形，不断地相遇，也不断地别离。

记得吗，有些朋友在一个阶段里过从甚密，后来你换工作了，搬家了，又或许干脆离开了这个国家，你们之间，电话渐渐少了，邮件也不再写了。几年后，他的样子开始模糊，直到彻底埋没在记忆的灰尘里。一次次经历过这样的别离，然后，你也就学会了不在乎天长地久。

珍惜在一起的时光吧。

在大特的旅行，我们完全进入了另一种状态。我们脱离了众人，一家三口在这个陌生的古城待着。每天，我们买菜、做饭、睡饱了就带着孩子出去散步逛街，这种旅途中的慢生活是我最迷恋的！

早晨的时候，小嘉嘉永远是第一个醒来的。小闹钟醒来后，就坐在床上开始折腾我们，用手指捅我的鼻孔，用脑袋蹭妈妈的脸。

这天，为了让茉莉同学补个好觉（晚上一般都是她照应孩子会睡不好），我给嘉嘉穿好衣服就带他出门去了。我们来到当地老百姓住的小巷子里散步。清晨的巷子很安静，一只小猫远远地走来，小嘉嘉照例像老朋友一样迎了上去。看见小猫轻轻地缓步走来，嘉嘉站定看着它，孩子小的时候似乎都会动物的语言。不过呢，这只保加利亚的小猫似乎不怎么爱搭理小嘉嘉呢，不顾嘉嘉热切的盼望，毅然决然地跑进了一家院子。隔着高高的铁丝网，嘉嘉深情地望着小猫，看着它默默消失在门后。

嘉嘉小不点儿的身影蹲在那里，孤独伤心的样子，让我感慨一个孩子要经历多少执着的岁月，才可以学会接受，学会成长。

　　回到宾馆，茉莉同学也醒了，收拾打扮一下，今天的计划是去窗口每天看见的那个城堡，先带着嘉嘉去吃午饭吧。在大特，我们每天的生活都是这样，睡饱了，然后磨叽半天，找家小餐馆，浮生半日闲。在之前去过的老地方用午餐，吃完饭继续向前。这座城市虽然不是很新，但色彩漂亮，很有韵味。

　　街边的树荫下，三个老大爷在八卦，不知是在吹嘘年轻时追过的姑娘，还是比着各自做过的荒唐事；一个流浪艺术家站在街角打鼓，富有节奏感的鼓声在安静的街道上回响。他来自何方？在这里逗留多久，下一站又是去哪里？所有的答案都隐藏在他铿锵的鼓声里。

午后的阳光，洒在绵延的山城。我们继续享受着这慢的旅行，拐角处的小餐馆，人们已经三三两两开始约会。走过一座涂鸦桥，到了古堡。大特的主城区在对岸错落有致地排列，一间间小屋，隐匿着的是一段段人间冷暖。

在这里，也有不少午后散步的大特人，无论是旅人，还是这里的主人，在落日前遥望大特，都能捡回丢失的记忆。

嘉嘉同学又看到小狗狗了，他激动地要跟小狗交个朋友。小狗与他玩了片刻，摇着尾巴转了一圈，走了，又一场伤心。小嘉嘉同学依依不舍地看着它们走远，默默地蹲下来，继续守候。宝贝，爸爸好想对你说：Let it be。

过了桥走进古堡，我们才发现这里原来是个展览馆，可惜这两天闭馆没能进去参观，不过在它的周围散散步也是极惬意的事情。保加利亚，似乎每个城市都有这样一个地方，可三五好友聊聊天，可恋人相互偎依说说情话，也可以包容孤独的人，用一座城的斑驳岁月来慰藉他的悲伤。

让人发笑的思考终结，回头望见的则是嘉嘉眼中的纯真，它触动心底，柔软无比。这几天，连日的奔波，加上气温的变化，臭小子一直在发烧，不过精神状态奇好，所以并不太担心。孩子，就在发烧中成长吧。

美好的傍晚，就在我们一家人悠闲的散步中缓缓地落下帷幕。

第二天，照例睡醒了之后出门，不过这次走得稍稍远了点。推着小推车带着孩子，我们一直沿着大特起伏的小街道远走，想去看看山顶一座古老美丽的城堡。

散步在去远方的路上，我们渐渐发现，原来这座小城里到处都布满了很漂亮的涂鸦作品。这些作品画工精美，富有想象力，它们和城市静静地融为一体。走过一幅幅作品，不经意地看一眼，总能勾起你嘴角的微笑。

城里很安静，阳光有点烈，但我们仨睡醒了精力很好，就在一个美术馆一样的街道里走

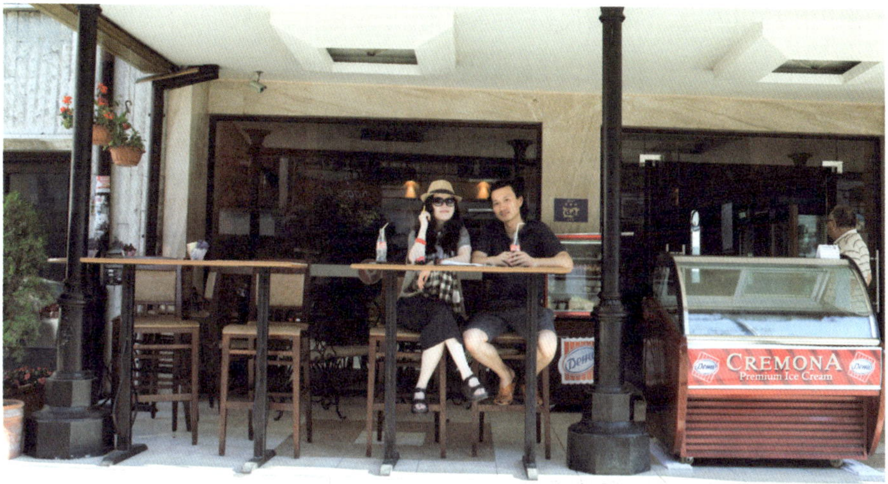
CREMONA
Premium Ice Cream

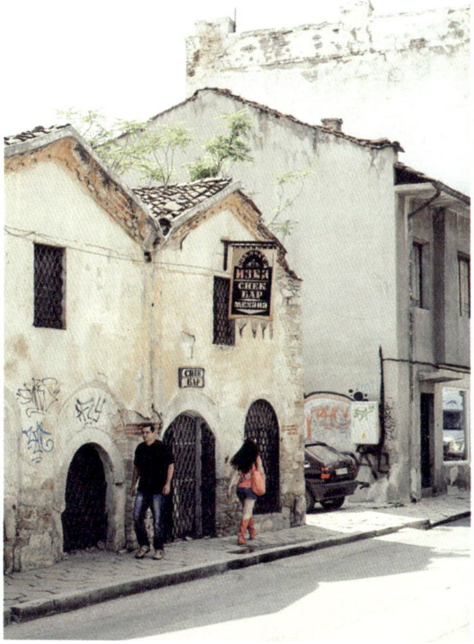

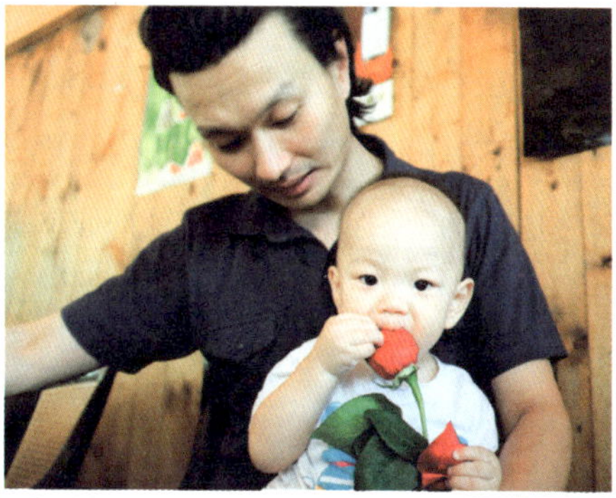

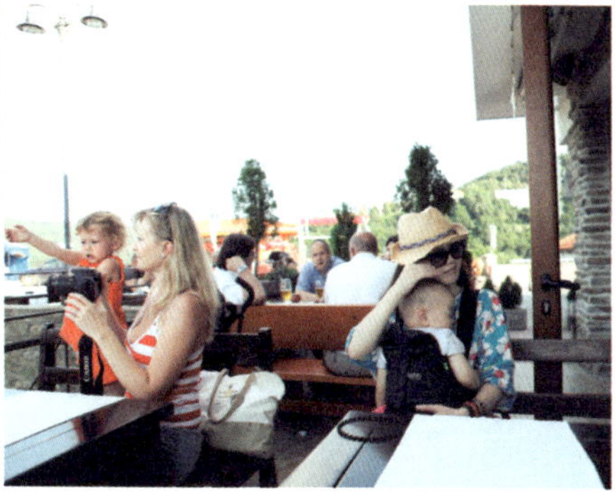

啊走。这城沿山而建，所以有很多陡峭的小街道，没法行车，只能放下节奏，缓缓攀登。人生是不是也不该全是高速公路，要有些错落的小路，去迷惑，去寻找，如此才可以想停下来时就可以停下，或歇一歇，或沉思一下。

空旷的街道，安静的人心。房子虽有点破旧，但为什么那么好看。忍不住拿起相机咔嚓咔嚓，入镜的还有茉莉。在异国的小城里，推着小嘉嘉穿过的安静街道，小嘉嘉还一边晃悠着小脚丫，这种感觉棒极了！所以说，别担心，带着宝宝去旅行吧，和他一起去看那些美景，和他一起发现生活之美！

古堡还是挺远的，我们走着走着肚子就饿了。在岔路口，我们发现了一家漂亮的小餐馆。云从头顶流淌而过，旅人在这里停下脚步。饭菜一般，有点清淡，不太对我的胃口，但是里面的装修与陈设很有味道。各个角落摆放着很多乐器和各色杂物，估计每一件都是店主用心淘来的吧，过去就这样慢慢地被搜集到一起，绝对是一家有回忆的餐馆。在可人的小餐馆用完午餐，恋恋不舍，但还是要继续上路。经过一座教堂，我们就接近古堡了。

进古堡的路很不平，我们就把推车寄存在门口。茉莉用背巾把嘉嘉背上，我们缓步而行。完全没有做古堡的攻略，我们来这里也只是听闻有一座古堡而已，不知何年建，不知何人住。许多美景，不都是淡淡的惊喜吗？

古堡游人不多，很安静。倾倒的院墙，还有孤零零竖立着的古希腊风格立柱，支撑着它的久远历史。一个时代或者几个王朝，在这里都已走远。

爬到山顶，仍是一座教堂，它是古堡的制高点和中心。

在这个古堡之巅，眺望大特古城，可看到这座城市有山有水，有辉煌的过去，也将有平淡真实的现实。很少有中国人来这里，甚至游客也只是局限在本国和东欧。

从古堡下来，我们都有点精疲力尽了。

当晚，我在大特的夜里发微博写到：除了极少的纠结往事隐约着还未退去，我对遭遇过的痛苦毫无记忆，甚至觉得根本不曾经历，脑子里只留下美好的回忆。如今我的人生美好得不像话，我感觉幸福是如此轻而易举，唯一担心的是自己不懂如何去接受它们。所以有人要我写书，我不知道可以写些什么，我的人生简单美好得乏善可陈。

在大特的最后一天。

这天近中午的时候，茉莉还在睡，我和儿子都饿了，于是就近去酒店的餐厅用午餐。这真的是个不错的决定，因为中午那边人很少，只一桌客人，我和嘉嘉就选了个窗边的位置。服务员给嘉嘉拿来宝宝椅，我点了吞拿鱼沙拉和牛排，给儿子来了一份土豆泥。土豆泥非常对他的胃口，他安静地吃着，而我可以从容地品一杯白葡萄酒。这里的白葡萄酒是我在保加利亚喝到的口感最好的，醇厚中不乏清新甘甜。一会儿上来的牛排，味道也很赞，很有特色地加了甜甜的樱桃酱和浓浓的蘑菇酱，这种奇特的做法在喜辣不喜甜的茉莉看来估计是要归为暗黑料理的。嘉嘉乖乖地看着我给他手机上播放的动画片，把土豆泥吃了个精光。我又加了一杯红葡萄酒，一切都刚刚好。

我们就要离开大特了，"180天莫式生活全球之旅"的保加利亚站接近尾声。很多想要表达，但言语也爱上沉默，仿佛这安静的午餐，美味融进我们的身体，嘴角浮现微笑。那就让所有的感动与感恩都化在这葡萄酒里，慢慢品尝、慢慢干了吧。

我们的旅程还很长，未来，我们将遇到更多美好，会目睹嘉嘉的成长，也会不断接近心中的生活。

墨西哥 & 古巴
这里是不一样的世界

    我们出发前往墨西哥和古巴。作为美洲大陆两个极具个性的国家，我知道这次旅行将打开完全不同的世界。

    先说墨西哥，它位于北美洲，北部与美国接壤，首都墨西哥城。这个国家在我们前往之前，脑子里浮现的是仙人掌、大檐帽，穿着民族风服装的男子、辣椒，以及美妙的墨西哥女画家弗里达。当我们亲身来到这个国家，所有的符号都变成真实的生活呈现在我们面前。墨西哥，真是一个充满张力与色彩的国度。

    古巴是加勒比海北部的群岛国家，美洲唯一的社会主义国家。由于美国对从们进行了几

十年的经济封锁，这个国家似乎因此养成了另外一种秩序，在很多方面有着自己独特的性格与特点。

在这两个国家旅行，半个月的时间，从我们每天所欣赏的自然风光、所品尝的原味美食以及所感受的当地人文气息中，都深深体会到慢生活的共同点，那就是无论外界如何不同，如何变换，都能平静地展开属于自己的幸福画卷。

其实，美景、美食、美好，真的可以很简单地得到，如果一切都回归原点。

墨西哥，醉情在它的绚烂美好里

荒漠、仙人掌、彩色房子、玛雅、辣椒、玉米、弗里达……

绚烂的墨西哥，为热情而生。与生俱来的浓艳色彩，奔放不羁的音乐节奏，花样繁多的美食、能歌善舞的墨西哥人民，造就了一个无与伦比的浪漫国度。这儿的人们或许并不富裕，说实话看起来还有点混乱与不安，但是他们似乎并不担心明天，并总能找到自己快乐的方式，至少这是一个不乏勇气的地方。

如果说，保加利亚是一幅安静的油画，那么这个美洲国家则是一首旋律快速回转的舞曲，谁一旦靠近它，便会因它的绚烂而转动起来。

墨西哥是美洲大陆印第安人古老文明中心之一，闻名于世的玛雅文化，托尔特克文化和阿兹特克文化均为墨西哥古印第安人所创造。经历了几百年的西班牙殖民文化洗涤，这里的城市风貌可谓是各种文化互相斗争与交融的结果。很少有城市能像墨西哥城这样庞杂混乱，但又在巨大的城市里彼此相安。由此，这样的城也给予世人神秘的吸引力。我们住在宪法广场边上，吃完饭可以就近散步。

街道很空旷，步子可以豪迈起来；偶尔进入一侧的小门，就会收获别有洞天的惊喜，原来这里是墨西哥城最寻常的百姓家。墨西哥大教堂的钟声，响得可以飘到十公里外，千百年来这里的人们都是以此获得信心、勇气和爱的福音；市中心的邮局很是富丽堂皇，到这样一个地方寄出一封信的话，若不写点文艺腔真的都不好意思。

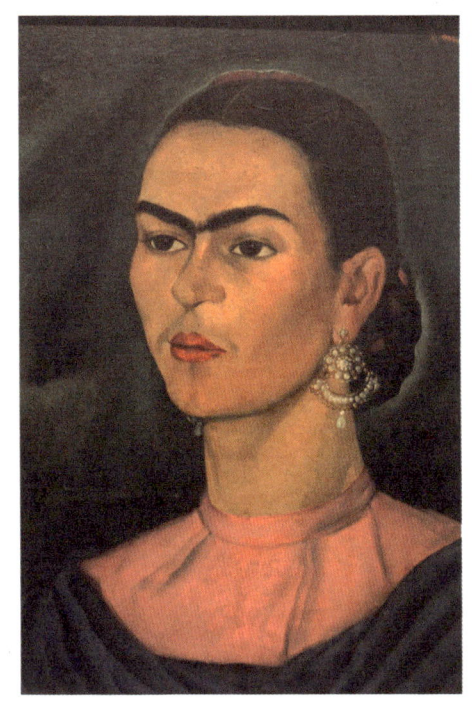

恰巧碰到墨西哥教育系统的大罢工，广场上乱哄哄的，到处都是集会者扎下的帐篷。不过，也许这才是广场最有魅力的时刻吧。

　　来墨西哥，Taco（墨西哥卷饼）是不可错过的美味，因为它是墨西哥食物的灵魂。无论是在高档酒店的餐厅，还是人流如织的街头小巷，墨西哥人把胃都交给了Taco。将玉米面烤制成饼，软硬皆可，卷成U型，再放入各色佐菜，肉也好，咸菜也罢，抹上不同的酱汁，简单快速，十足的美味，为大众所爱。

　　我和茉莉也雀跃地一吃再吃，真是五味俱全，让人回味无穷。

　　墨西哥城我们并没有好好玩，因为嘉嘉同学如在保加利亚一样，又开始发烧了。孩子经

过长途飞行，恐怕还是需要时间去适应。看到很多外国孩子比嘉嘉还小就到处玩耍，觉得咱们东方人在身体上可以多些皮糙肉厚。不过小嘉嘉的适应能力看起来还是很好的，虽然发烧，但是精神状态一直很好，所以我们取消了去看金字塔和去公园的计划，大多数时间就陪着他在酒店休息，然后等吃饭的时间。只有等他想玩的时候，我们才到附近转一转。

他高高地骑在我的脖子上，茉莉推着车，我们走过一条条古老的街道，我们也去到一处处广场。陌生人向我们微笑，鸽子与松树，一个飞翔，一个上蹿下跳。嘉嘉始终挥舞着小手，不停地接触这个全新的世界。

到一个地方旅行，看美景、品美食，最让人怀念的还是这里的美人。人之所以为美，有时就是因为独特与不同,因为他们用自己的节奏表现了生活的可能性。墨西哥的美人,即那声名显赫的弗里达。

弗里达·卡洛,这位传奇女画家,以她的美丽与才华给墨西哥增加了一抹亮丽的色彩。在那场几乎让她全身瘫痪的车祸之后,她的生命却异常美丽地绽放了。经历爱情、艺术,经历身体的重生,她用自己精彩的一生告诉我们,生命不是用来接收怜悯,而是用来歌唱,她让色彩真正体现了色彩的力量。

她一生创作了55幅自画像,并用它们来隐喻生命中的爱与恨,展现她自己支离破碎的情感和恣意丰富的一生。

在她那所著名的蓝房子前,我和崇拜她的茉莉,感受着她用伤痛与爱的色彩描绘的一生。一个城,有这样一个自由的灵魂,值得骄傲。

我们在墨西哥城短暂休整了几天，出发前往它最著名的度假胜地——坎昆，也许这里的阳光、沙滩与大海，更适合我们一家舒服地度个假吧。

　　坎昆，在墨西哥尤卡坦半岛东北端，这座海滨城市是墨西哥政府20世纪70年代的时候投入巨资建设的，依托于国际化的酒店和美丽的加勒比海，逐渐成为世界著名的度假胜地。大多数酒店就坐落在一个链状的小岛上，一侧是内湖，另一侧就是广阔的加勒比海。

　　岛上酒店密布，交通也很方便，有很多很多穿梭巴士绕着岛链行驶，去哪里都很方便。对于带着一岁半宝宝的家庭而言，入住一家舒服的公寓式酒店，做做饭，晒晒太阳，游游泳，在海边看看日出，陪孩子玩玩沙子，就是完美的旅行了。

　　嘉嘉很喜欢大海。但是第一天到沙滩，就很厌地不敢下地，不过不消半个时辰，他就拿起我们买给他的水桶、铲子，开始疯狂的沙子大作战了。孩子的快乐，从来就是这么简单。

　　由于带着嘉嘉不方便去较远的金字塔或者丛林，我们选择了离坎昆最近的女人岛。从酒店步行几分钟就到了码头，然后乘坐游船航行40分钟左右就到了。小岛很小，街道也不大，但是两旁的建筑很热闹，色彩仿佛在这里没有使用的禁忌，唯一的边界就是想象力的尽头。蓝天白云阳光之下，一切都是热烈的。天气有点热，我们在日头里散步，但是小岛的安静还是随处可得。

　　岛上还有一个水上乐园，里面有海豚、海狮什么的。嘉嘉在家里的时候，我们经常给他看一个海豚的动画片，每到海豚出现的时候他就哇哇乱叫。好吧，这次就让他来个真实的亲密接触。要见到真海豚，小嘉嘉就沉默了，不过还是挺勇敢地下水等候。在驯养员的指挥下，一头可爱的海豚突然蹿出海面，送给嘉嘉一个香吻，小嘉嘉都惊呆了，不知道若干年后他看到照片回想这一幕是什么感觉。吹过海风，望过海景，走回色彩艳丽的街道，最后我们落脚在一家叫manana的小饭馆。饭店装修很有特色，专门辟出一角摆放了不少书籍，仿佛是个小小的图书馆。相对于小清新的书吧，它的饭菜却是重口味，很香很辣。屋顶升起的云朵,是这家小饭馆最奢华昂贵的装饰。

坎昆与墨西哥城,几乎是完全不同的两种风情,但是在墨西哥,一切都有可能。有一种"毒药"叫墨西哥城,那也有一杯新鲜的"果汁"叫坎昆,你要做的就是睁开眼睛,照单全收。

古巴,那一首曲调绵长的布鲁斯

在来古巴之前,我无数次想象过它的样子。

这个曾经为西班牙殖民地的国度,依然保留着大量的欧式建筑,加之那些个城市名片的老爷车,使得古巴这座城市的味道别具一格。

蓝天、白云、老房子、老车子,行走在其间,你就会觉得像路遇一首曲调绵长的布鲁斯,脚步变得轻盈,笑容浮上脸肤。

我们落脚的地方是首都哈瓦那,这也是一个传奇的城市。纵横的欧式街道,尽管年久失修,依然在残破中坚守,恰恰是因为这份旧,让哈瓦那历史感十足。这座于时光中斑驳着的城,可以让你不单想起奔跑的童年,阁楼、阳台、街道、穿梭其间的各种美式老爷车,同时可以唤起一座城市的记忆。老城区里,保留着古巴人生活的原味。从摇摇欲坠的阳台看这座城——哈瓦那犹如那大西洋怀抱里的一颗明珠。这里的人们,因为海的缘故,对蓝色情有独钟,蓝色的墙壁、蓝色的装饰,蓝色粉饰着一切物件。

每到一个城市,我们都很喜欢走到高处去眺望。在几百年历史的卡瓦纳城堡,我们得以真正望见哈瓦那。若干个世纪,它就这样徜徉在大西洋的环抱中,演绎属于它自己的沧桑。

在阳光与阴影里用自己的步子行走的古巴人,诠释的是一种独特的慢。他们踽踽而行,享受着风景带来的美好,看不到一丝慌乱和匆忙。或许,我们终其一生都在追寻的这种慢生活，在每个古巴人身上早已呈现。他们不富裕，抑或贫穷。但是，他们活得真实而快乐。这份快乐如果一定要用纷繁复杂的未来换取，不知他们是否愿意？

在这里，音乐与舞蹈是他们的热爱。从早到晚，街上salsa（萨尔萨舞曲）的音乐不断。借着这些音乐，主妇们可以在厨房里边扭腰边做饭，连街上谋生的人们都有舞蹈的味道，推板车的水果小贩看见你也会扭几下彰显一下他富足的快乐。稍好点的餐馆都会请一些艺人来唱歌跳舞助兴，所以你可以一边大快朵颐，一边欣赏着热情奔放的舞姿。在这里，古老的老爷车是一个迟迟不愿退出舞台的"好莱坞明星"，在高傲与落魄交织的巴洛克建筑组成的街头巷尾，它们如美丽的幽灵诉说着曾经的辉煌，满街跑着竟也一点不费劲。在这里，客栈里即便到了九点，也没有人起来给做早餐，他们把世界的时间拖入乐声弥漫的夜，也阻隔在现实降临之前。

这里的吃食，好到没话说。

因有着丰富无污染的海洋资源，虾、龙虾、无骨的鱼，成了这里最普遍的吃食。经过简单的烤，拌上蒜蓉，搭上椰菜丝，放上几片营养丰富的鳄梨，就好吃到让人惊艳不能忘了。大龙虾，在古巴吃太合适了，味道新鲜，价格也不贵。大龙虾一只才二三十的样子，一顿饭奢侈点吃下来，不超过三百元。价廉物美是古巴吃饭的一个特点，真心可以大快朵颐。

朗姆酒，亦是好喝到想嗨的。这款用甘蔗压出来的糖汁经过发酵蒸馏而成的酒，口感甜润、芬芳馥郁。不过后劲蛮足，类同我们的二锅头。当然，酒量一般的人也还是可以尝试它的美味的，因为它可以调配不同的果汁等饮料，变化出不同的鸡尾酒。在全世界的许多酒吧里都有大名鼎鼎颇受欢迎的mojito（莫吉托鸡尾酒），它们就是由这里盛产的朗姆酒，加糖、青柠、苏打水、冰块和薄荷叶混合而成的鸡尾酒，夏日来上一杯，清新撩人。

总之，无论朗姆酒、抑或朗姆酒调配而成的鸡尾酒，与虾都是绝配。

朗姆酒、甘蔗、雪茄、老爷车、Salsa舞……这样的古巴，魅力四射，让人难以抗拒，所以那个叫切·格瓦拉的阿根廷人才会远离家乡，与古巴人民一起为了自由和理想而奋斗；所以那个叫维姆·文德斯的德国导演才会不远万里，来这儿拍一部关于古巴音乐的纪录片《乐士浮生录》；所以那个叫海明威的美国人才会被古巴"宽阔，碧蓝的河流"所吸引，并在这里度过了他最好的20年……

因此，有人说"古巴是个由英雄和传奇人物缔造的国度"。诚然，有着切·格瓦拉、卡斯特罗，还有海明威存在的城，会让你很容易感受到极致的热情，并触碰到想象力的尽头。我喜爱海明威许多年，所以为了这位曾经对我低语的老头儿，我住进了他曾住过的旅店，去到他常去的五便士酒馆，喝了他必点的mojito，老头儿已逝，但照片被牢牢钉在墙上。如果去墨西哥城要与弗里达打个招呼，那到了哈瓦那就得与海明威在时光交错中喝一杯。

离开海明威的客房，去教堂广场边的街中小酒馆喝一杯他爱喝的mojito，人们在这里欢笑歌舞，大口喝酒。老头儿的座椅被吊在墙角，估计他要在那儿看见这一幕又要生气了：嘿，你们怎么能不带我，生活里怎么能没有我呢？

离开海明威，离开切·格瓦拉，甚至离开卡斯特罗，这座岛国的传奇仍然继续，只是或许少了喧哗与骚动，多了一份默默与无言。

落日西沉，哈瓦那风采依旧。老城沧桑，你只要稍稍深入或者步入僻静的街道，衰败和老朽便明目张胆地陈列在街巷里。这个帝国院门口的岛国从来就是一副桀骜不驯的模样，对帝国如此，对时光也一般。

这里，仍然是一个有谜的国度。

初来之际，没有网络，没有一切熟悉的科技设备，或许还有些许不习惯。然而，当融入它的慢生活，悠闲地享受着每一天的时光后，竟再也不想离开。

离开哈瓦那的那天早晨，我想起在墨西哥时司机对我们说过的话："古巴？我去过，那里是天堂。等你去了那里，你会想起我这句话。"

是的，古巴是天堂，一想起它，快乐的旋律就在心里快活地舞动。

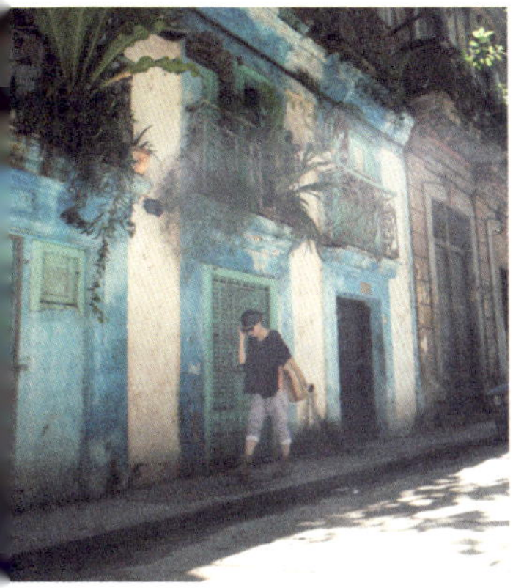
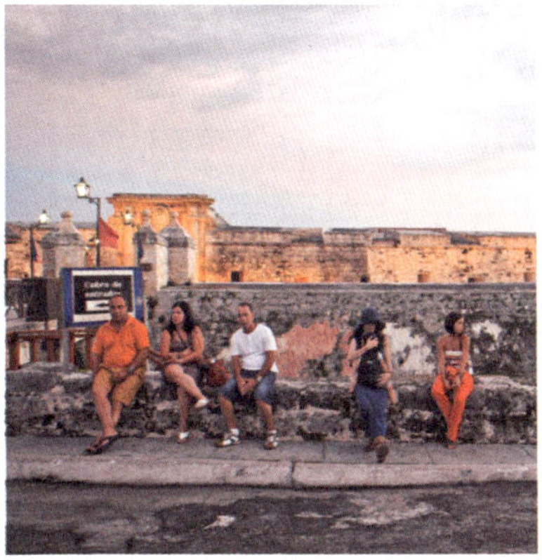
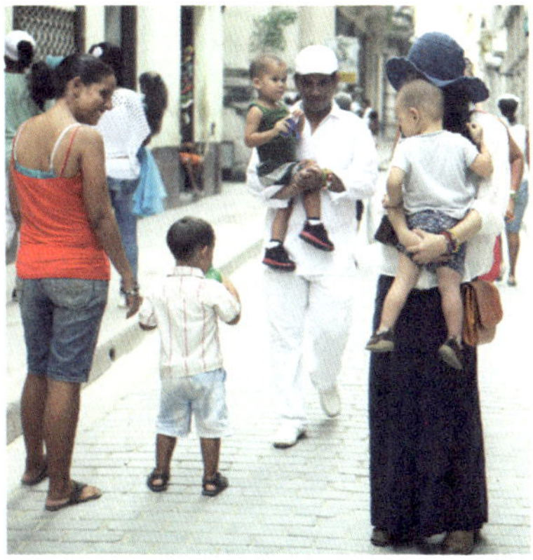
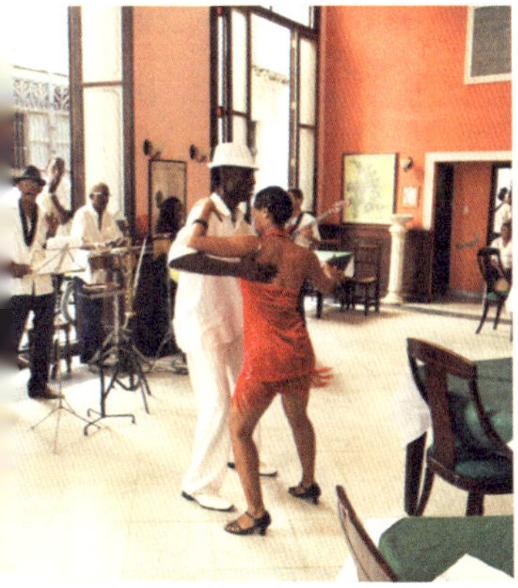
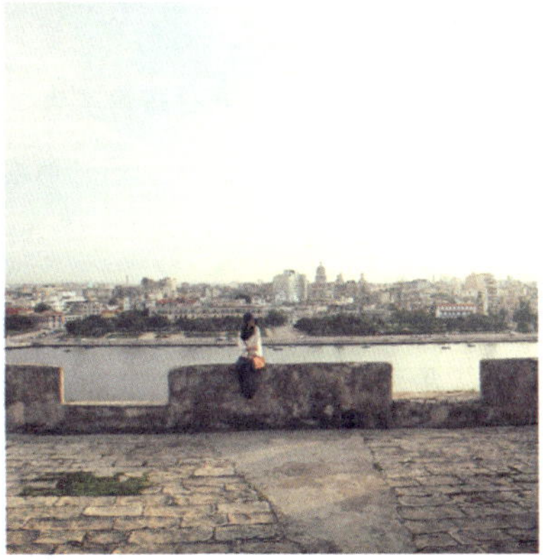
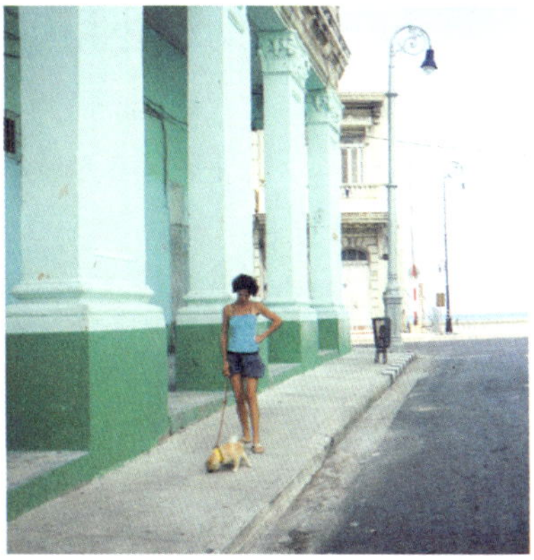
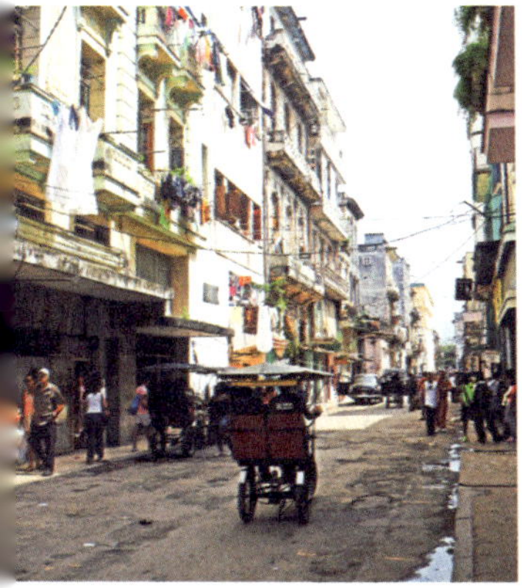
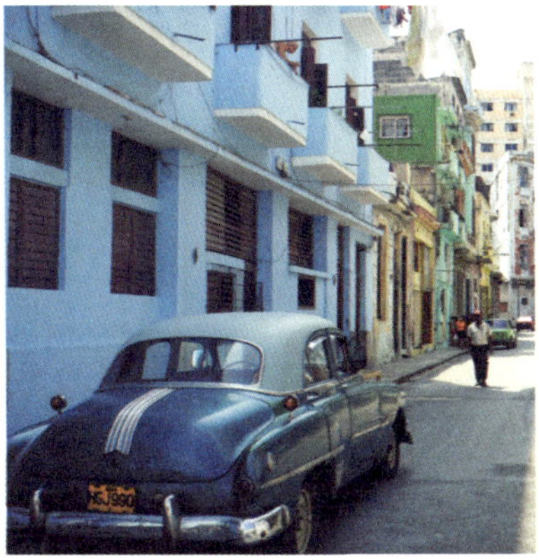
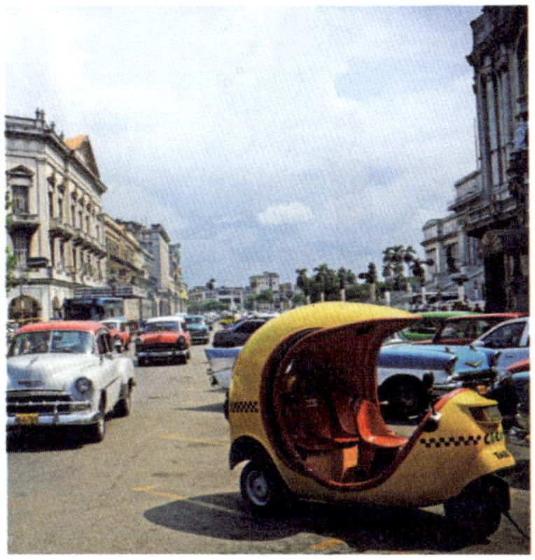

帕劳

北纬 7° 的蓝

那天，看到旅游卫视《我的海外生活》，播送的是小黑同学在帕劳的奋斗史，很感动。一个是老朋友，一个是我的老东家。几年前我俩都离开了北京，都放弃了经营许久的事业，不同的是一个回到家乡，一个去了太平洋上的海岛。

一句话送给小黑，有梦想，生活无处不在！

不过，那个北纬7°的蓝，也同时久久地留在了我的心里。去帕劳，成了我埋在心里的激情澎湃的美好计划。

好久没带嘉嘉小朋友一起旅行了，难得有这么好的地方，我们带上了他，只享用了三个人的时光。不过，这一次的旅行不单单我们一家人。我们经营的店铺，因为定位在旅行风格的女装上，因而集合了许许多多热爱旅行的人，这次同行的就是我们店铺的朋友们。一对姐妹、一对闺蜜、一对情侣，加上我们一家三口，小小队伍还是很热闹的。

每个人心里都有念念不忘的人和事，就像茉莉想念久别的老朋友，我想念童年记忆里纯

净的蓝天一样。很巧，帕劳之行，想念的，都久别重逢了。

  凌晨到达帕劳，小黑来接机，伴随着鸡蛋花的香味，我们开始了帕劳之旅。茉莉和小黑相识多年，在北京，他们一起玩中博网的时候，他的照片就常常被推荐到首页。我也很喜欢他拍摄的人物照片，不管是他的女同学们，还是周迅、张艺谋等名人，在他婉约的镜头下都以不同的视角得以述说。这些年，他一直都在坚持着摄影，如今，他更为了梦想来到帕劳。

  也是，这北纬7°的蓝，太具诱惑，尤其是对有梦想的人，或许更能找到自己的舞台。

  我也是，会被这种蓝吸引。每次看见这般辽阔的蓝天，都会想到童年，还有空气里生活着的叫宁静的精灵。时隔多年，他们都离我而去，天空里只用灰色的字体写着欲望，真希望一觉醒来，看见一切都还没变的样子，包括我们的记忆，都停留在原地。

  我们这一生，走那么久，不都是为了寻来找去这宁静的蓝吗！

走，到帕劳约会那一抹蓝

如果，你向往真正纯净的海水，那么帕劳便是你的世外桃源，这里有最纯净的蓝，最纯净的海洋，也是免遭污染的最后净土。

这座位于西太平洋关岛以南700英里（1200多公里）处的群岛国家，是太平洋进入东南亚的门户之一，280多个岛屿如珍珠般散落在太平洋上。它的景观迷人万千，最闻名于世的还是它的海底景观，作为潜水胜地的帕劳，在其方寸之地中竟有200多个潜水点。

在最好的岁月里，我和茉莉以及小嘉嘉有了这场与蓝约会的旅行。起初，因为种种小原因，带嘉嘉出行有过小犹豫，幸亏茉莉的坚持，我们才有了这次三人行的美好时光。

同行的还有我们"绽放"品牌的用户们，她们自称为"绽友"。

一对姐妹、一对闺蜜、一对情侣，外加我们一家三口，组成了帕劳的小队伍。一切都是很随意的，但是一切都刚刚好，就像此时爬上我屏幕的蚂蚁，它们在寻找嘉嘉遗留下的饼干屑。

我们的航班半夜抵达，小黑把我们这群脖子上挂着鸡蛋花花环的队伍拉到酒店院子，漂亮的老板娘站在大厅里微笑着等候我们。

我们被安排住在一个叫Hi resort的旅馆，比起豪华的酒店，这里别有风味。它建在一处山坳里，打开窗就是层层绿意的原始森林，傍晚的时候有薄雾从林中升起，眼前是散漫的芭蕉叶从容地打开，绽放成画面的前景。白色的旅馆，就像一首小诗，在绿色的海洋里静静地漂浮。

来之前，Hi resort的照片我看过几次了，但我不知道这么漂亮的旅馆还有这么漂亮的老板娘，她的眼睛非常大，你会忍不住把20世纪80年代的形容词"水汪汪"搬出来。这个叫冉冉的女主人迈着轻快的步子带我们一一看过预留的房间，安顿好之后就消失在众人的视野里。

有些人如同暗夜里闪闪的灯光，背后照亮着自己丰满迷人的世界。

冉冉现在是个三个月大的孩子的妈妈，过几天要回国去给她的另一个女儿过生日，两个孩子属于她爱的两个男人。这家旅馆，每一个细节都蕴藏着过去几年来的时光，一段人生、一段故事。现在，她将这本书静静合上，让里面的故事自由生长。

旅店的女老板其实还有一位，那就是前面说的来接我们的小黑的老板，Hi camera摄影公司的满满。她因为一趟旅行对帕劳一见钟情，然后就决定扎根在帕劳，用手中的相机讲述帕劳的故事。我与满满前一阵子在北京吃过饭，也就是那次饭局，促成了这次帕劳的旅行，因为特色的旅店加上Hi camera的水下摄影构成了与众不同的独特的帕劳之旅，让我和茉莉心怀憧憬。很遗憾，这次满满没能等到我们，原本约好了一起在沙滩上喝酒的，他却临时因为国内有事，在我们抵达前回国了。

满满也很漂亮，但是味道不同，如果说冉冉有点红酒的沉香，满满则有点鸡尾酒的辛辣。她是80后，中国传媒大学毕业，早早就自己创业，一头短发，抽烟，话很少，有时候说话直白，就像一杯浓烈的伏特加。因为没有在沙滩上喝上啤酒，她的画像也就更多了几分留白。

小黑停下车放下我们，笑嘻嘻看着我们。或许他自己也没有想到，会在帕劳成为一名水下摄影师。上次见面还是好多年前了，他说那时候我们还没有嘉嘉，而他是看着我们的绽放一步步发展过来的。时光在任何角落其实都是真正的主角。

小黑瘦了，但更结实了，每天安排拍摄就像一次小战斗，从租车、租装备、准备器材，到做司机做导游陪喝酒，一切都在这个西安小伙子手下安排得妥妥当当。因为这次带着嘉嘉，也没有太多时间聊天，但看他的作品，我大概能看懂他这几年的日子。

来说一下我们同行的小伙伴们吧。

一对恋人是长沙的，女孩子长得娟秀，和她老公刚刚结婚一个多月，这次就是蜜月了，都是建筑师。男生很温和，在设计院工作，非常繁忙，周末总是加班。俩人有的时候会吵架，问我们怎么办。怎么办？我说这一切才刚刚开始，你慢慢就知道了。

一对闺蜜，都是创业者，都做食品行业，江西人和广东人。广东的姑娘很沉默，但是说起话来铿锵有声。江西的姑娘据说五年多没喝酒了，但是那晚喝得最多，至少那天吐得最多的是她。彪悍组合这个词送给她俩。

一对姐妹，完全是两个路子，其实是姐姐和弟媳的关系。弟媳事情比较多，就像她吃得比较多一样，但是瘦，有着让女吃货愤慨的基因，而且长得漂亮，艺校毕业，她跟我们分享了曾经短暂涉足演艺圈的潜规则故事。老公是她的同学，长得很帅，手机里就有他的一张照片，其他都是她女儿的照片，她说她好久没出来了，习惯性挑刺，但是可爱善良，总是毫无节制地把自己私藏的糖果给嘉嘉，被我呵斥。对了，她带了两箱衣服，每天三套。姐姐斯文多了，一开始说不喝酒，三杯下肚就嚷嚷着要酒。

这就是我们快乐的团队，明星是两岁两个月的小嘉嘉，茉莉是反派一号。

马年以来，我们特别忙，很少有时间陪孩子。爷爷24小时陪护他，他最爱的就是爷爷了，当晚上嘉嘉偎依在爷爷怀里，带着困意说"妈妈走、爸爸走"的时候，我和茉莉不无失落。所以帕劳的旅行，于我俩有着巨大的预谋，那就是夺回孩子的心。不过，预谋只是爱的

舞蹈，一家人踩着的是轮换的节奏。

陪伴孩子的时光是幸福的，尤其当你每天在他身边的时候，他开始依赖你、信任你。除了闹脾气的可怕时刻，他都是天使，他会认真地看着你，然后赏给你无邪的笑容，这笑容是人生里最宝贵的，希望在今后它不要随着年纪退隐，失去如今的光华。陪他睡觉，把屎把尿，然后带他游泳，在帕劳的我济甲，他又害怕又幸福地在海水里扑腾，然后直么么地看着你，用小手拉着你，让你不要走开。

尽管，我知道这一切美好的时光也都将逝去，他会长大，我们会老去，这曾经的时光如他脸上的笑容，虽然如宝石闪耀，但终将只在记忆里闪光。人生旅途，阳光伴风雨，相聚总离别，怀抱平常心，且行且珍惜。

美丽的帕劳，这一切都是我的风景。
而你所有的蓝，都牵引我们约会你的最佳理由。

帕劳归来不看海！

去过帕劳的人，都深刻地理解那句"帕劳归来不看海"。

在大断层浮潜时看到的海底世界令我们震撼，我惊讶于这世间还会有如此美丽的海，美到令人窒息的海。

海水共有七种不同的颜色，并且散发着一种奇异的蓝绿色，是那样的纯净而透明，让人不敢相信，仿佛一伸手一触碰便打碎了眼前的美梦；翠绿的热带丛林、温和的海风、银白色的沙滩，都是帕劳的明信片。更神奇的是，那1500多种热带鱼类、700多种瑰丽珊瑚，以及世上绝无仅有的无毒水母，绝对会惊艳到你。

怪不得，有人说这样的帕劳位列世界七大海底奇景之首；也有人说，这样的帕劳是"上帝的水族箱"。

无论给予它什么样的称号，它就这样美艳地散落在蓝色的太平洋中。

我们去了长滩岛的Long Beach（长沙滩），这是帕劳最漂亮的沙滩之一。蔚蓝色的宽阔海面上，有一道弧形的长沙滩，落潮的时候最美，可以看见沙滩从岸边以优美的白色弧线延伸出去几百米远，清浅的海水与沙滩相接，连着远处淡蓝色的天边，真是海天一色。同行的小伙伴们都被惊艳到了，追逐着、跳跃着、奔跑着，用相机记录着这一切的美。多年后，这一张张照片皆成了我们难以忘怀的回忆。

牛奶湖，可千万别错过。

这里的海水，色彩层次感强烈，尤其是在去往海岛的路上，我们会经过一条德国水道，是第二次世界大战时，德国人为了节省路程在珊瑚礁中炸开的水路。蓝绿色水道伸向远方，而两侧则是深蓝色的大海。所谓的牛奶湖，就是一处独特的海湾，在水底沉积的火山泥的作用下，它的海水在碧绿色中带点乳白色，加之湖底绵白色的火山泥很像牛奶，所以这里被称作牛奶湖。大家到这里的主要娱乐项目，就是把火山泥抹到身上，然后做出狰狞的动作拍照留念。简单的游戏总能使满船的伙伴嬉闹着，忘却了俗世烦恼。

有人说，这湖水里还含有丰富的矿物质，具有强大的美容美白的功效。于是女生抹得更起劲儿了，甚至涂满了全身。

回过头来，还是要说帕劳的美景。话说，世界上的每个生命只有在最自由的状态下才能舒展最美的姿态。自由国度帕劳，给海洋生物们营造出最纯净自由的环境，所以这里的海底世界才如此五彩缤纷，美不胜收。

在这里，还有着无比壮观的海底生物，多到数不清的珊瑚、五彩缤纷的热带鱼，你若潜入水底，这些美妙至极的生物便全然入眼，让你见识到最奇特的海底世界。不过，帕劳最奇特、最著名的景观，还是那成千上万透明似果冻般的无毒水母，它们形成一个水母湖，惊艳着远道而来的旅人。在这里，你可以实现与亿万水母共舞的梦想，不过，游玩时你要缓慢地移动，这样才能保护好这绝无仅有的水下奇观。如果你去帕劳，一定要留下一张与水母的照片，这，绝对会是你这一生前所未有的难忘体验。

据说，帕劳的水母湖深约二十米，水母量超过了一千万只，真真是帕劳的镇国之宝呀。小嘉嘉最爱它们，看着她们软软地在身边浮动，他都看傻了，一旦有个别碰到他的腿脚，他就咯咯地笑个不停。

帕劳的海水，清澈得让人舒心，带着嘉嘉在海里游泳、看鱼，他竟然会说，不要害怕。

语言增长速度之快，令我和茉莉都觉得惊奇，所以说在孩子小的时候多看看这个世界的美景，说不定这一幕幕就成了他内心美好世界的灿烂珍珠，在未来的时光里也会从深处发出光芒。

帕劳的时光短暂而美好，我们愉快的帕劳之旅在光怪陆离中结束。

但是，我知道，此行的美好记忆将永远留存在每个人的心中，就像我们的生活中总是充满欢喜，即便过去，也总是会再来！

这世界如此之大，也阻碍不了一些注定会相逢的人。

——或在路上，或在某个别处……

泰国
内心柔软的旅行

想去清迈的念头，在我们心里酝酿了好久，尤其是茉莉同学更是如此。

很早前，我们就听说一个朋友一家三口去清迈旅行了一阵子就回到上海打包行李，决定举家定居清迈；最近听说茉莉的油画老师也去了清迈，买了一块清迈的地正在搭建艺术中心。这两件事，很让我和茉莉心生好奇，到底清迈是怎样的一个城，能让人迷恋、乐不思乡呢？

朋友说，那里的气候舒适，空气干净，食物也齐全，物价也低，最主要的是很适合小朋友生活。听完朋友们的描述，茉莉同学恨不得马上带着嘉嘉去定居了。另外，她也想沉淀一下最近浮躁的心，跟着她的油画老师好好地、安安静静地学习一段时间。

所以，那个沐浴着温暖的佛国阳光的小城，成了我们旅行清单中最新的一栏。

这个小城可以让你在高山之巅感受云涌，也可让你花很长的时间逛著名的夜市，让你在寻常巷道里寻找日常，在文艺气息的小小店铺感应各种小心思。抑或，你在城市中心残存的古城墙边伤春悲秋，在露天或酒吧内看异国情调的音乐演出；路遇各式各样出游的人，带着

孩子骑着大象穿越丛林，坐着摩的走进异域的故事中。这里，有太多太多的乐趣，等着你来探索、感受。

去过的人都说，清迈是一个去过就会一直再去的城市。

这样的城随意地走在路上就能与百年寺庙不期而遇，亦有机会走进一家浑然天成的小清新甜品店，店里的冰激凌口味纯正。这里没有车水马龙的喧嚣，更没有林立高耸的商场大厦，但是，这里有着别处没有的东西……在这里，你无论是在被参天树木掩映的寺庙内度过一个无人的下午，还是在街角的咖啡馆喝着咖啡写上一沓明信片，这个城市总会给你一个无人打搅的角落，一个可以重遇自己好心情的小天地。

到这样的城市来住几天吧，一如我和茉莉，及小嘉嘉，及同行的小伙伴们，在这里，我们将生命消耗在快乐里。

清迈，一切都刚刚好

去清迈之前，我对这座城市知道得很少。

只在网络搜索到，这是一座泰北明珠式的小城，文艺浪漫，有清新的街道和小店，游客可以漫步古城，尽情享受安静的私人时光。

但是，旅行不就是因为未知，才获得更多惊喜吗？

出发前，我还在不停地处理事务，旅行仿佛是下一场突如其来的会议。照例孩子的行李是最头疼的，像搬家，又像逃难，不过，两个大箱子的搬运之苦比不上与孩子旅行的欢欣雀跃。我们匆匆忙忙地就出发了，这次的送机师傅走错了路，早早地进入上海的市区，我们在拥堵的路面上不停地徘徊。司机倒是很镇定的样子，至少表面还是如此的，在停顿的时候还会安慰一下逐渐烦躁的嘉嘉。我几乎是无感，也想到了万一赶不上飞机后的种种，但还是很平静的。

茉莉同学却淡定不下来，如同热锅上的蚂蚁。也是，一方面，这次我们的出行还有十几个"绽友"随行，为了这次旅行，我们已经费了很多精力去设计、去组织，大家都很期待一起旅行的时光，这个时候我们要是出了岔子，或是干脆去不了，一定是说不过去的。另一方面，我们也好久没旅行了，尤其这次又是一次三个人的旅行，她期盼好久了。

她急得都肚子疼了，这样的着急也是好多年没有了。

还好，我们在登机前十分钟赶到了机场，坐在最后一排起飞了。其实，司机这一路也是着急的，无论是几次重启导航，还是电话场外求助，但总体来讲，他是那么平静。我觉得这几乎就是他的人生，急有什么用呢？生活总是有很多意外，总是有很多时候与你的想象不同，如同下滚的雪球，拖泥带水，席卷纷飞的一切，但它最终会抵达终点，归于平静。
　　让生活慢慢地滚，接纳所有的一切吧！
　　来接机的小伙叫李康五，泰国人，在清迈大学学的中文，简单交谈后，你都不会觉得他

是个外国人。其实泰国多少也有几分这样的感觉，毕竟不太远，吃的也是熟悉的食物，tutu车的尾气与国内也是一样的口味。但这个国家终究是不同的。

　　第二天一早，我们所有的人就都聚齐了，这次从天南海北聚集了二十多人，很多都是家庭组队，带着小宝宝。我们坐了大巴先去了最著名的双龙寺，膜拜佛骨舍利，并祈福。在阳光下，金色屋顶熠熠生辉，我们一堆人赤脚走在寺院的地面，正好碰见一位僧侣挽起赤红的僧袍走下台阶，继续着他的修行。

大家又去了一个寺庙，看到一座巨大的已经残缺的佛塔底座，岁月剥去了它的容颜。没有了金色的顶，没有了纯白的墙面，赤红色的砖一块块垒在一起，垒出巨大的想象空间。曾经的辉煌没有了，嘉嘉敲响了广场上的一排铁钟，悠扬的钟声里保全着它所有的前世今生。

　　然后就是坐着tutu车大游行，我们组成了浩荡的车队，一路吸着93号汽油尾气，沿着古城列队行驶。大家两人一车，或是带着小宝宝一家一车穿行在人群里。学生、下班的人、骑着自行车的老外，各种各样的tutu车，拥挤在街道上。一旁的河道里，喷泉在阳光下闪闪发光。当地人经过时会望着你，然后自然地绽放笑容。

　　晚餐是自由安排。这次的行程我们尽管人数众多，但尽量争取了很多自由的空间。大家散了，我们和一个清迈的朋友一起到郊外吃饭。

这一家子来清迈一年多了，两个小孩，大的跟嘉嘉差不多，小的还在吃母乳。一个是上海人，一个是安徽人，因为之前的一次旅行爱上了这里，然后带着孩子就过来住下了。曾经弄过一家漂亮的旅馆，但是因为实在太忙，仿佛换了一个地方又重新过上了中国式的忙碌，他们就停掉了。我问现在他们做什么，他们说暂时没做什么，照看孩子，或许一两年后会去美国。我在想是什么让很多人来过以后就留下了，在这里过日子。在热闹的本地人居多的饭馆里，我喝着酸辣的冬阴功汤，暂时找不到答案。

清迈的朋友带我们去的是一家当地人特爱吃的餐厅，盐巴烤鱼、冬阴功汤还有咖喱蟹等，味道都很好。嘉嘉因为见到了本来是同一天预产期后来却比他人了十来天的蛋蛋哥哥，也表示很开心。

第三天是孩子们的快乐时光，我们一早驱车去郊外的大象园，骑大象看表演。一头大象缓缓几步走到一个高台下。嘉嘉害怕了，在家讲了那么多大象的故事，第一次要坐到它的背上，他眼睛都不会眨了。我抱着他说不怕不怕，放到了我和茉莉的中间坐下。骑象就是围着小山坡转一小圈，嘉嘉的神情是严肃的，我问他好玩吗？他说好玩，然后一如之前的严肃。后来，我们在一个围廊里看场上的大象踢足球，画画，还用飞镖扎气球。我觉得这些大象比嘉嘉聪明多了，他三岁了连自己的鞋子都不会穿。

从郊外回城，我们说好了去邓丽君小姐住过的宾馆用下午茶的，临了嘉嘉却睡了，还有两个宝宝也是，我们几位家长就没有去，先回了宾馆。不知道邓小姐那间房是否还残留着她的气息，本来想借下午茶的时光跟大家好好聊聊，也只得作罢。带着孩子的旅行，真是一次仆人式的差旅。

明天就要去拜县了，据说有好多好多弯道要转，走过这条路，泰国就没有难走的路了。那就好好期待下吧。

窗外的清迈小城，星光稀疏，茉莉和孩子还在安睡。我觉得人生是如此美好，创业、旅行、陪孩子成长，生活在撞击中被夯实，爱情低语，述说着三个人的故事，一切都刚刚好。

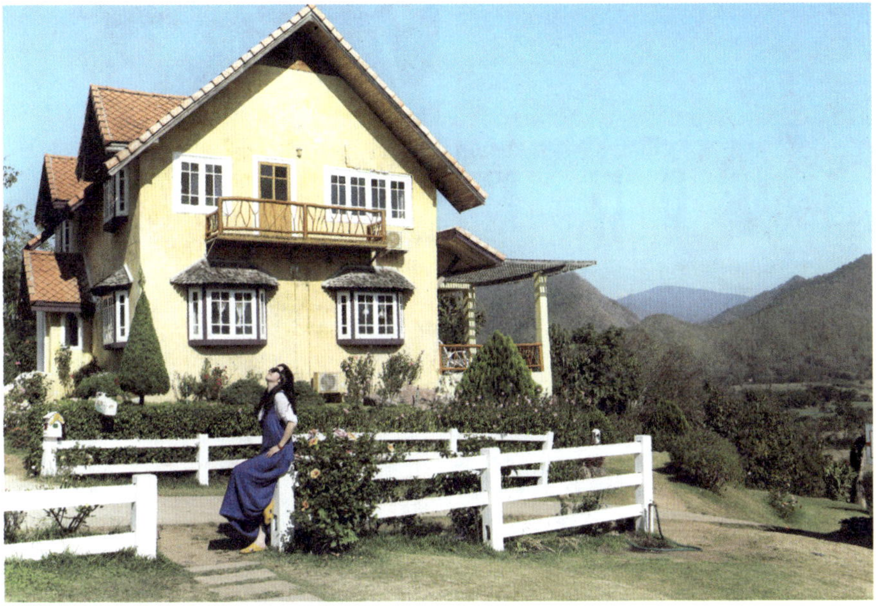

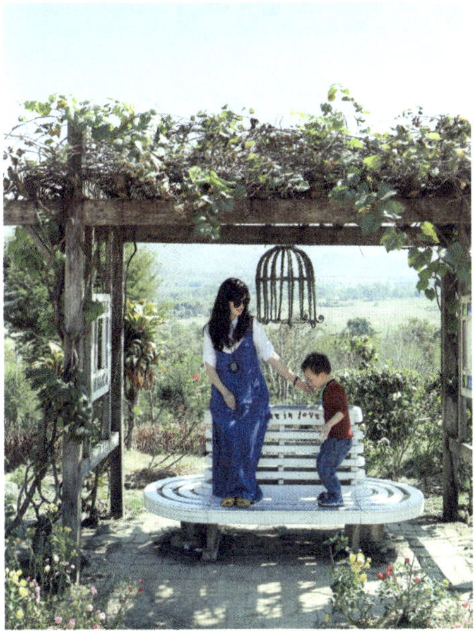

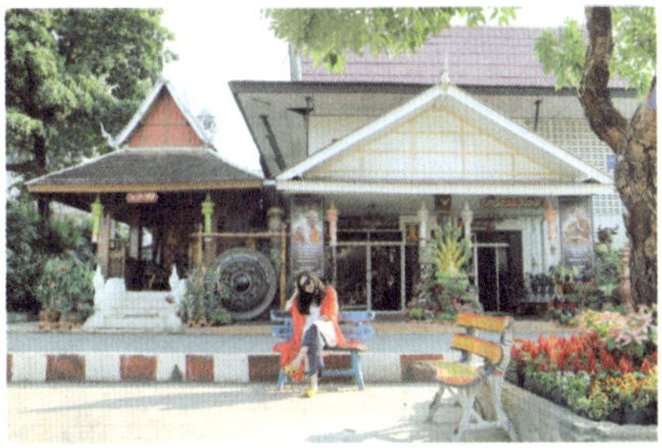

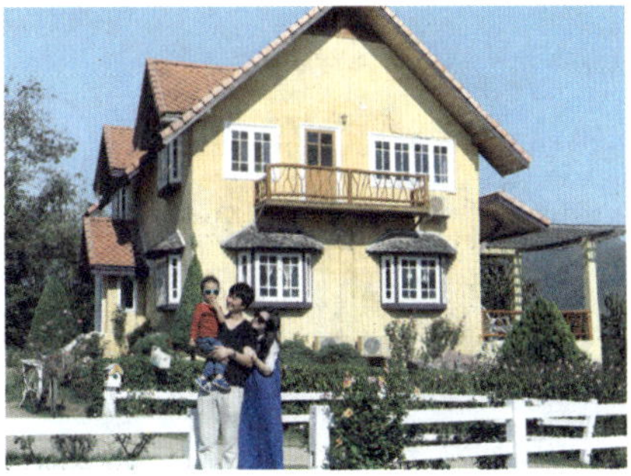

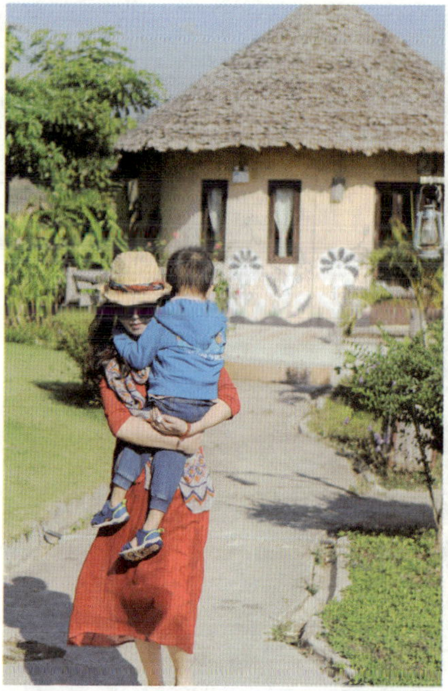

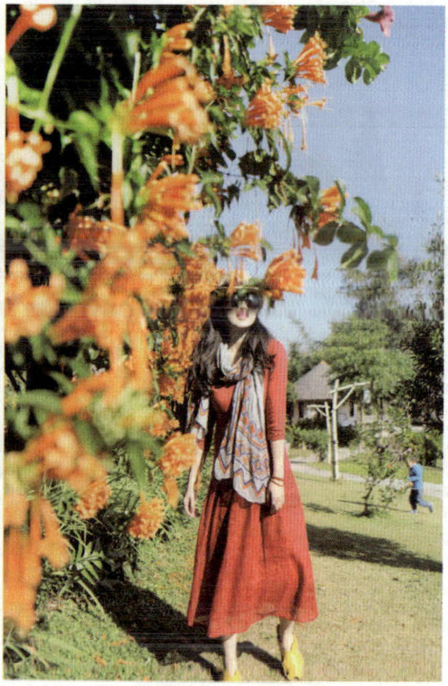

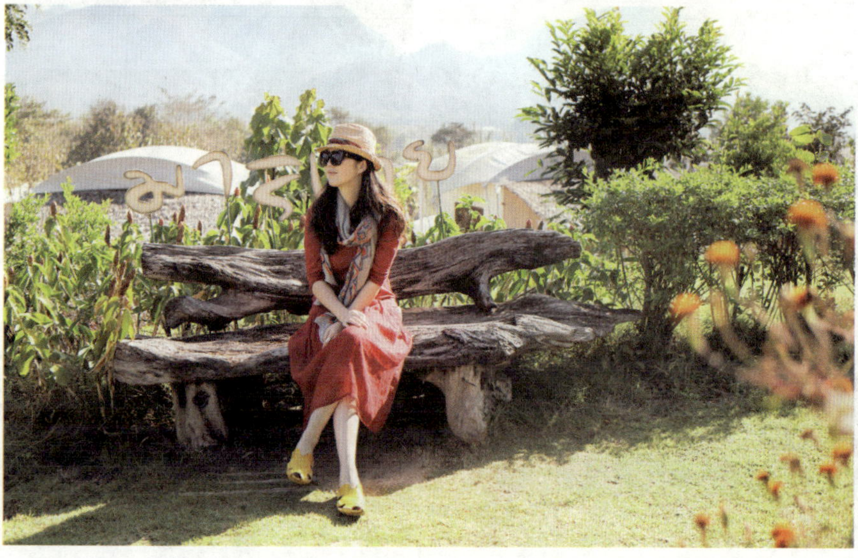

拜县，得失亦美好

在清迈逗留了四天后，我们前往拜县，这是清迈北部的小县城。

传说中，清迈到拜县的山路是九转十八弯，果然一点不假，不过路况还算好，路边风景也不错，三个半小时的车程就可以到达。

我们入住的酒店是一座小别墅，坐落在大片的稻田里。四周是远山，山坳里地势平坦。

现在不是雨季，田里的水都干涸了，没有绿意盎然水悠悠的景致，但黄昏时刻，小黄狗低头晃尾走在田埂上，远山被笼罩在薄雾中，田园气息依然是浓郁的。

静谧幽雅的拜县，真的很美，不愧为旅行者心中的胜地。看厌了人潮和高楼大厦，不妨来这个峡谷内的宁静小城住下来，这里凉爽潮湿，美景如画，有成片的稻田，有藏蓝的天空，还有干净的街道，你来的话一定会爱上这里的。每天早上用早餐时，你可以看到稻田上还未散去的雾，还可以看到村边迂回的河流静静流淌向远方。

大家慢慢都熟悉起来，我们终于找到时间请所有的"绽友"一起吃饭。嘉嘉非常识趣，开饭的时候倒头睡去了。我们把他放在餐厅里角落的桌子上，然后啤酒上来了。

这次的"绽友"来自四面八方，最远的从新加坡过来，成员也各式各样，建筑师、设计师、画画的、银行职员、客栈主人、IT人、辞职走在路上的旅人、服装同行，各个行业的都有。和"绽友"们喝酒，照理我是第一个醉的。我也不知道我的酒量是怎么了，好歹也是在俄罗斯混过两年的人，仿佛一辈子能喝的酒都喝完了。如今只要两瓶啤酒，喝得快些，身子就飘了。买醉的成本如此之低，心情常常大好。因为一开心，瞬间就嗨了。

异乡的酒解乏，也舒缓了平时堵塞的心情。大家的话也多起来，每个人都开始笑，而我逐渐听成温暖舒缓的歌声。

来说说在拜县我的惨痛经历吧，那就是又丢东西了。

为什么说是"又"呢？因为有一次在柬埔寨旅行的时候，我就把手机丢了，当时很懊恼，甚至有怀疑那几天一直拉我们的三轮车夫。但是在短暂的焦虑之后我学会了放下，我对自己说，既然已经丢失了财物，为什么还要丢失对人的信任呢？在面对三轮车夫时，我再次展开信任的微笑的那一刻，我觉得一切都释然了，这种感觉如同重新找回了手机。再早些时候，在俄罗斯我也丢过一副眼镜，或许是它比较能让我显得酷酷的样子，我当时很失落，但我记得我对自己说：眼镜永远不会消失，它只是去了我不知道的地方。这时候，有同学或

许会联想起一个叫阿Q的朋友吧！是的，那个在临刑前仍然笑着说二十年后又是一条好汉的人，我觉得他有着弥足珍贵的乐观。

  失去一样东西，尽管痛心，随着年龄的增长，越发变得坦然。人生，就是一个与所有事物告别的过程。尽管认同这一点往往伴随着沮丧、沉重，但我们都必须学会更好地接受这个事实。

  丢失钱包的那晚，我们去拜访茉莉的油画老师。老师在清迈和拜县都有画画的地方，我们去的时候有些晚了，到那边因为人实在太多，老师的房子里也待不下。有小朋友困了也开始闹觉，妈妈们不得不提前回去。本来希望是很圆满的一次拜访过程，最后很仓促地在夜色中收场了。离开时，在那条悠长的小道上，小伙伴们没有抱怨，我们有说有笑，我有可能正是在那里抱着嘉嘉丢了钱包。但那条小道是美丽的，在整个清迈的旅行中也算是亮丽的一景。它很长很窄，周围都是田野，路旁散落了几户农家，那天正好有一家在办喜事，很多人聚集在院前场地上。路上还有临时搭建的佛塔，佛塔与院落之上就是墨色的天空，撒满钻石般的星辰。同行的"绽友"有上次帕劳一起旅行的，她高兴地说在太平洋的海岛上都没有看到的星空，这次在泰国的乡村看到了。她这小小的高兴，我觉得也是暗夜里的珍贵记忆之一。

拜县是个小县城，景点散落在县城四周，草莓园、粉色咖啡馆、瀑布、树屋、大树秋千等等，有些地方说实话人造的痕迹有点重，好在周围的乡村、河流、田野都很真实，有些景虽有些突兀，却也有几分可爱。乡村的景致还是好的，几十米高的大树上吊下长长的秋千，云雾中的远山作为欢乐的背景；在枝繁叶茂的古树上真的搭建了可以住人的木屋，里面还有洗手间，在对树屋还发烧的年纪来这里该有多好；一条大河从远方拐过弯流淌过木桥，一对西方的情侣坐着大象缓缓踏入平静的河水。

在日暮的时候，我们一起驱车去云来山顶望日落。我们出发的时间稍稍有点晚了，等我们赶到山顶平台，夕阳只剩淡淡的余晖晕染在山边，晚风从谷中吹来，稍稍有点凉。大家都那么快乐，和闺蜜拍照的，和爱人亲密的，和孩子玩闹的，我们是一群快乐的旅人，和传统的旅行团完全不同。我们每天的行程没有那么紧，也有很多自由的时间，更重要的是这个队伍里的每一个人彼此友好，并且有着天然的信任。与信任的人、与爱的人在一起，这一切就是我们在拜县的旅行，不求惊喜，但时时沉浸在舒适淡然的闲情之中。

今天我们去追落日，繁花盛开，但只残留余晖。有时我在想，人生如果费尽周折却最终

错失无数美好，你会不会与今日一样从容淡定。旅行终究会结束，我们会回到日常，但是那并不是结局，因为下一次的旅行，即将开始。

永远乐观，永远奔向美好的时光……

一切很美，我们一起向前！

后记
Postscript

一切很美，
我们一起向前

这不是我最好的一部书，但它是第一部。

我出生在苏州的寒山寺边，除了岁末那著名的钟声，童年的脑海里一直回荡的是远处传来的火车声。那个时候，我生长的地方还是苏州的郊外，一个阡陌交通、鸡犬相闻的美丽乡村。入夜，灿烂真实的星空高高在上，送你无数个奇幻美梦。如此安静，躺在床上可以听见世界的呼吸声，而在沉入梦乡之前，总是有几声火车的汽笛来如约与我道别。原野上奔驰而来的列车，从什么地方来，又要驶往何方？一夜夜，现实与梦境相融，化作了童年的记忆，也滋养出一颗热爱旅行的心。

后来我去上海念书，又去俄罗斯留学，回来之后遇见茉莉。从兰州到成都，从北京到苏州，一路辗转，如一只风筝，最终还是被故乡的绳牵绊，但生命与旅行紧紧拥抱。俄罗斯的黄金年代，我大部分时光都用来在那个国度走南闯北。回国之后，我虽然进了电视制作的本行，却也都是拍摄旅游节目，更在旅游卫视做了三年，从记者与编导的视角去打探世界。后来，阴错阳差地与茉莉一起开了淘宝小店，也不忘时不时云游四方，把旅行之美分享给我们店里的朋友。几年前回到苏州，我们真正踏上创业之路，把"绽放"这家小店立志做成中国第一个旅行风格的女装品牌，服装与旅行紧紧地连在了一起。这么多年，陆续走了一些地方，也在旅途上最终找到了我的爱人，所以说旅行与我是有缘的。

最初的旅行是身体的旅行。我记得在大学的时候，骑着一辆自行车，从学校出发骑到上海的海边。有一次，我从学校直接骑了大半天回了趟苏州的家。现在的年轻人，无论是说走就走的旅行，还是辞职之后周游全球过一个 Gap Year（间隔年），勇敢走在路上的人越来越多，走得也越来越远，这种旅行的冲动始终是相通的。当骑着车踏上未知的旅程，在陌生

后记
Postscript

的路口摊开地图找寻方向，停车在路边喝口水望着远方，或者在一个脏兮兮的小馆子吃碗面条，这种旅途疲惫又兴奋的味道，身体可以清晰地记录下来。正是这种对新世界的渴望，对未来的蠢蠢欲动，让我一次次到了地球上更远的角落。

接下来我开始用脑子旅行。去的地方多了，见过的山与水在心中留下了底，除却巫山的云不是云，我们开始选择更加与众不同的地方、更加值得去的地方。在优雅的法国巴黎，我们徜徉在博物馆那些超级巨作之间；在梦幻般的希腊爱琴海，圣托里尼的迷人落日真不是其他地方的太阳能渲染出来的；古巴的街道上仍然跑着二十世纪七八十年代的老爷车，这个美国门口的小岛依然保守着游离于整个世界的旧时光；巴塞罗那的郊外小城Corela（卡瑞拉）是西班牙朋友的度假地，我们在那游泳的日子也是当地历史上重要的一笔：海滩上第一次出现了两个黄皮肤的中国人。

就这样走啊走，无论是用脑子还是用身体，我们都是向外索取着，希望看到更多的风景，感受不同的异域风情。当我们的孩子嘉嘉出生，并且也把他带到了我们的旅途上，旅行从此开始变得不同。每次的行李都面临超重，我也学会了旅途中厨师、医生、保姆各种角色的无缝链接，更重要的是我们开始向内行走，探索家庭与自身的世界。每一次家庭旅行，都变成24小时在一起的时光，无论是在保加利亚的群山中，还是墨西哥钟声回荡的广场上，或是大理苍山下一处村落的宅院里，我们朝夕相处，看着他欢笑、跳舞，偶尔发发脾气，偶尔发烧生病，也看到闪闪发光的不同世界，看到一个生命的成长。

奇幻的旅行并没有停止，慢慢地，一家三口的旅行变成了更多人的旅行，绽放之旅开始了。从去年的春节开始，我们邀请"绽友"一起走在路上。帕劳、泰国、越南、巴塞罗那、不丹、川藏公路、苏州，还有马上要出发的印度。绽放之旅像一颗小小的种子在不断生长，也让一群人的旅行完全不同。

一群人的旅行，不再是一个人的天马行空，也不是一个家庭的琐碎时光，而是一群熟悉又陌生的人携手同行。每次的旅行都是走进彼此人生的成长之旅，正像我们分享群里一位"绽友"所说的：旅行去什么地方、看到什么样的风景真的不重要，重要的是在旅途中开始重新认识自己。

从小就看动漫《圣斗士星矢》的我对此深表认同。我们每个人都拥有一个小宇宙，它蕴含了巨大的能量，但是日常的生活遮蔽了它。旅行仿佛是这日常中开启的一扇小窗，涌入全新的空气与别样的人生，而这些都将唤醒我们内在的力量，让我们重新发现更好的自己。

一个人也好，一群人也罢，我们走过了一些地方，我们还将一起走更远的路，在这个奇妙的世界。我的内心少了一份少年的冲动，却多了一点温柔。每个人的生命就是一次旅行，无论你行走世界，还是静守原地，最重要的是你的心不要急着老去。唤醒自己，用身体、用脑，全身心去感受脚下的世界。

感恩我的生命走在路上，并且遇到了这么多美好的人。最后用绽放的那句话激励我自己和这本书的读者：

一切很美，我们一起向前！

三儿

2015年11月2日晚

（彩蛋：那时我是三儿，现在叫陪伴家三哥，哈哈。）

图书在版编目（CIP）数据

陪你路过全世界 / 三儿著. -- 北京：北京联合出版公司, 2023.10

ISBN 978-7-5596-7246-9

Ⅰ.①陪… Ⅱ.①三… Ⅲ.①散文集—中国—当代 Ⅳ.①I267

中国国家版本馆CIP数据核字（2023）第187387号

陪你路过全世界

三儿 著

出 品 人：赵红仕
出版监制：刘 凯 赵鑫玮
选题策划：玉兔文化
责任编辑：肖 桓

北京联合出版公司出版
（北京市西城区德外大街83号楼9层 100088）
北京联合天畅文化传播公司发行
北京美图印务有限公司 新华书店经销
字数220千字 710毫米×1000毫米 1/16 16印张
2023年10月第1版 2023年10月第1次印刷
ISBN 978-7-5596-7246-9
定价：45.00元

版权所有，侵权必究
未经书面许可，不得以任何方式转载、复制、翻印本书部分或全部内容。
本书若有质量问题，请与本公司图书销售中心联系调换。电话：（010）64258472-800